The Burning Love

灼心之爱

赵大河　著

河南文艺出版社
·郑州·

图书在版编目(CIP)数据

灼心之爱/赵大河著. --郑州:河南文艺出版社,
2023.12

(时间与疆域)

ISBN 978-7-5559-1641-3

Ⅰ.①灼… Ⅱ.①赵… Ⅲ.①短篇小说-小说集-中国
-当代 Ⅳ.①I247.7

中国国家版本馆 CIP 数据核字(2023)第 236812 号

选题策划	王淑贵		
责任编辑	王淑贵		
装帧设计	书籍/设计/工坊 刘运来工作室　徐胜男		
美术编辑	吴　月		
责任校对	梁　晓		

出版发行	河南文艺出版社	印　张	7.125	
社　址	郑州市郑东新区祥盛街 27 号 C 座 5 楼	字　数	137 000	
承印单位	河南瑞之光印刷股份有限公司	版　次	2023 年 12 月第 1 版	
经销单位	新华书店	印　次	2023 年 12 月第 1 次印刷	
开　本	787 毫米 × 1092 毫米　1/32	定　价	45.00 元	

印厂地址　河南省武陟县产业集聚区东区(詹店镇)泰安路

邮政编码　454950　　电话　0391-2527860

目录

灼心之爱

1

那个夜晚，你一眼未眨，警觉地听着外边的动静。你第一次感受到夜晚是那么寂静，静得能听到大地的呼吸。你还听到大地的叹息声。大地为什么要叹息，大地上的事她也无能为力吗？你希望这寂静一直持续下去，持续到永远。可是，你听到了大地的振动。尽管微弱，但是你确定那是脚步声。你感到恐惧，身体收缩，蜷作一团。仿佛那脚步声是冲你而来。仿佛你要被掠走，卖掉。脚步声越来越近。很快，你听到了叫门声。是小水父亲的声音。他有个很难听的外号，叫夜壶。还有大磨的声音。大磨是有名的二流子，也是村子里唯一进过城的人。母亲起来打开门。夜壶问：小水在这儿吗？没在，母亲说。夜壶不信。小水能去哪儿？

除了这儿。小兰呢？他问。你被母亲从床上叫起来，母亲问你是不是把小水藏起来了。你不说话。我猜就是，母亲说。母亲给你穿好衣服，牵着你的手到门口，对夜壶说，没有，小兰也不知道小水在哪儿。夜壶哪里会信，要进屋看看。母亲不让。她说，夜壶，你还是人吗？要卖自己的女儿。夜壶说，我不是人，我是畜生，你管得着吗？母亲又对大磨说，你干啥不好，非要干这伤天害理的事。大磨说，我是在做好事。那天晚上，你虽然很害怕，浑身发抖，但你决心和母亲一起守住门，不让他们进屋，除非他们从你身上踩过去。

多年之后回想起来，米兰仍然能真切地感受到那个夜晚的恐惧，不是对夜壶和大磨的恐惧，而是对不可知命运的恐惧。一个弱小的生命，如何对抗威力强大的命运。你大概也清楚，你和你母亲保护不了小水。你们不可能永远把小水藏起来。夜壶毕竟是小水的亲生父亲。有权决定小水命运的，是他，而不是你们。你幼小的心灵朦胧地知道这些，所以你感到无力和恐惧，但你没有退缩。你不知道会如何收场。你不管那些。小水被你藏在炕角被子后面。如果你会变魔术，你就将小水变成一只狐狸，狐狸快如闪电，从窗口一跃而出，让他们永远找不到。你没想到小水会自己站出来。你咋那么傻，自己跑出来。当时你这样想。如今，过了二十年，你忽然懂了。是绝望。是绝望让小水站出来的。小水一定什么都听到了。她对亲生父亲绝望。她对命运绝望。什么也救不了她。谁也保护不了她。于是，她出来，对她父亲和大磨说，我跟你们走。她没有哭，也没有掉一滴眼泪。她就那样走了。小水走后，你号啕大哭。开始母亲没哄你，任你哭。你越哭越厉害，母亲抱着你说，好了，好了，不哭，不哭，咱不哭。母亲没把你哄住，自己也哭起来。母女俩一直哭到天亮。

米兰用二十年时间忘却母亲，她以为她已成功地做到了这一点。可事实是，不经意间母亲的形象又鲜活地出现在头脑中，伴随而来的还有母亲温暖的气息。那个夜晚，你虽然哭得伤心，但已不再感到恐惧，因为母亲将你搂在怀里，母亲温暖的气息让你感到安全。那气息有尘土的味道，阳光的味道，爱的味道。你相信那气息会永远陪伴你，无论生活多么艰苦，无论世界怎样变化，母亲都不会让你落入小水那样的境地。你是幸福的。你一边哭泣一边感受着幸福。

你为什么哭得那么伤心，难道你预感到自己会有比小水更悲惨的命运吗？不，你一点儿预感也没有。你只是本能地哭，哭，哭。如今看来，小水的命运仿佛是你命运的预演。

2

米兰一个人出行，没让丈夫陪同，也没让养父陪同。米兰是她现在的名字，七岁之前，她叫安兰，人们都叫她兰兰，或小兰。

这是一次冲动的旅行，她不明白她真正的动机是什么。过去一片迷雾，她正走进迷雾中。

飞机能飞到固原，剩下的路坐汽车。昨天养父告诉她，她出生在宁夏海原县李俊乡野狐梁村。百度一下，最近的通航城市是固原。李俊乡在固原和海原的中间位置。

对她来说，除了宁夏，其他名字都是陌生的。海原，李俊，野狐梁，她从没听说过。她童年生活的地方，她只知道叫坡上。下边的村叫坡下。坡下有个混班学校。她不知道行政村叫野狐梁，更别说李俊和海原了。二十年来她不知道出生地在地图上的具体位置。连大致位置她也不知道。她不想知道。

米兰将所有的不幸都封存在这个叫故乡的词语中，从不去触碰。她在上海生活得很好，养父母只有她一个养女，所有的爱都给了她。她上最好的小学，上最好的中学，上最好的大学，找到一份理想的工作，嫁给一个相爱的男人，她还有什么不满足呢。

但七岁那年的经历，如同一根刺，扎在她身体中，从未拔掉。她无数次做噩梦，一个人被丢弃在荒野中，恐惧，无助，呼喊妈妈，却没有任何回应，连回声都听不到。醒来总是泪湿枕巾。

她恨母亲，比恨更可怕的是忘却，后来她刻意忘却母亲，一次也不去想她。可是她左右不了梦。在梦中还会出现母亲的形象。再后来，梦中也没母亲的影子了。她彻底清除了母亲。

3

在六盘山机场，她没出候机楼就想打道回府。她对自己说，如果你真的将此事放下了，就不要去见母亲，让她平静地生活。

你这样出现在她面前，是想看她愧疚的表情，还是想让她向你道歉？

她是你母亲！

这么多年她没联系你，就是她不想联系你，你干吗要去打扰她呢？

这样做是不是太狠心？

揭开疮疤，母亲会感到疼痛。

那么你呢？你就不感到疼痛吗？

她在机场徘徊了半个小时。她突然感到恐惧，她害怕再次失去母亲。旋即她安慰自己，不会的，你不可能失去你已失去的东西。在飞机上看到赭色土地，她有一种想哭的感觉。现在踏在这片土地上，这种想哭的感觉愈发强烈。她一直认为二十年前已将一生的眼泪都哭出来了，此后不会再哭了。可现在怎么又有了想哭的感觉呢？不哭。不能哭。要有出息。

她住了下来。别无选择，只能这样。飞机上午九点从浦东机场准点起飞，到西安转机耽误几个钟头，到六盘山机场已是傍晚。

无论是返回上海，还是去野狐梁，都只能等明天了。她有的是时间拿主意。

饭后走在固原的街头，她感到有些冷。秋风萧瑟，落叶飘零，行人稀少。她独自踟蹰，如同游魂。这个黄土高原上的城市和南方的城市迥然不同，干燥，坚硬，像一个精瘦结实的汉子。南方的城市大多像少女，水灵，妩媚。

她倍感孤单。一个人，在陌生的街头。是的，一个人，只有一个人。她好像不是在地球上，而是在火星上，周围是无边无际的荒原，还有寒冷。

如同二十年前的那个夏天……

4

那年夏天旱得厉害，平时的驮水点哑女泉已经干涸，只能到十里外的白龙泉去驮水。山路崎岖，来回一趟要大半天。由于周围的村民都去那儿驮水，去得晚要排很长的队，母亲总是天不明就出发。许多时候，你不知道母亲啥时起床，往往半夜醒来，摸摸炕上，母亲已经不在。你很害怕，瞪着眼盼天亮。可是天迟迟不亮。夜多么漫长啊。有一次，你听到母亲窸窸窣窣穿衣服，睁开眼睛，漆黑一团，什么也看不到。你叫一声娘。母亲问你要不要尿尿，你说你要去驮水。母亲说，你不能去，路远，危险，再说，毛驴是驮你，还是驮水？我怕。咱小兰胆大，不怕。母亲给你唱儿歌，哄你睡觉。你知道母亲终究不会让你去，你是个懂事的孩子，不能耽误母亲驮水，于是你假装睡着。母亲轻轻起身，慢慢打开房门出去。你爬起来，趴窗前往外看，天黑，什么也看不到。你听到母亲去牲口棚牵出毛驴，给毛驴喂一把豌豆。毛驴嚼豌豆的声音很响。豌豆散发出涩涩的香味。母亲将驮架放到驴背上，挂上两个洋铁皮水桶。桶很大，装满水母亲拎不动。卸的时候，母亲将毛驴赶到一个架子内，水桶挂到架子上，毛驴走开，母亲才能将水桶放下。你不知道在白龙泉母亲是怎样将两桶水放到驮架上的。你祈祷快快长大，长大了就能赶着毛驴去驮水，到那时候，你也会像母亲一样悄悄起床，不惊动母亲，让母亲睡个好觉。

母亲打开院门，发出一声小小的惊叫：你干什么？大磨说，我帮你去驮水。母亲说，我有手有脚，不用你操心。大磨说，咱们合作，你也省事，我也省事。母亲说，谁跟你合作！大磨说，你看，我没有驴，背水不容易。母亲说，我不管，你背你的，我驮我的。无论大磨怎样软磨硬泡，母亲始终态度坚决。大磨终于离开了。黑暗中，你仿佛能看到他失望的背影。

母亲将柴门关上，在门内静静地站着，等大磨走远。母亲不想与大磨同行，怕人们误会。过一会儿，估计大磨走出半里开外，母亲才又打开柴门，牵出毛驴。至于去驮水的路上，大磨会不会骚扰母亲，你就不得而知了。

母亲没有回来。你等到下午，还没见母亲的身影。你又渴又饿，心中出现个空洞，从空洞中涌出潮水般的恐惧。你怕得发抖。冷得发抖。母亲可能再也不会回来了。母亲不要你了。母亲骑着毛驴远走高飞了。你不明白为什么会有这种念头。潜意识中你想到死亡，你害怕这种结果。晚上你住到邻居三奶奶家，三奶奶给你盛一碗饭，你哭了起来，眼泪扑簌簌落进碗里。

你孤苦伶仃，无依无靠，一个人被扔在荒野中。夜晚是那样漫长，比所有夜晚加起来还要漫长，简直没有尽头。你盼天亮，盼母亲归来。你在心中祷告，要母亲平安归来。你一夜没睡，看着黑暗的夜空，想着母亲。

第二天，母亲回来，腿有点跛。母亲好像老了十岁。你第一眼看到母亲，竟然有些害怕。母亲将你抱到怀里，你感到母亲在发抖。母亲感谢三奶奶对你的照顾，给三奶奶端去一瓢面。三奶奶不要，说，一个小人儿，能吃多少，你这是干啥？母亲说，给你添麻烦了，你不要，我过意不去。三奶奶还是拒绝。母亲进屋将面倒进三奶奶的面缸里。三奶奶生气了，这么见外，真是的。

傍晚时分，毛驴驮着水进院。你以为毛驴是自己回来的。接着你看到了大磨。这驴自己认路，大磨说。从这天开始，大磨帮你们赶驴驮水。

你对大磨没有好脸色，但是，几天过后，你就接受了这个人。

你变得听话，懂事，乖。你心疼母亲，给母亲捶背，帮母亲干活，母亲回来晚了，你就做好饭等母亲。你个子矮，够不着搅面汤，就站到凳子上，滚开水溅到手上，烫出燎泡，你也没哭。你把手藏起来，不让母亲看到。后来母亲还是看到了，她的反应大出你的意料，她没掉一滴眼泪，只是轻描淡写地说，以后小心点。母亲的心真硬。

从什么时候母亲与以前判若两人，生活中到底发生了什么事，母亲为啥舍弃你……为了揭开这个谜底，有必要回一趟野狐梁。如果现在不回，今生今世大概都不会再回野狐梁了。

5

第二天，米兰包了一辆桑塔纳回野狐梁。

她特意挑了个女司机。这个司机一看就特别干练，说话语速快，亲切，大姐长大姐短地叫着，亲姐妹似的。她自报家门，我叫文惠，你叫我阿惠就行了。米兰不认识去野狐梁的路，阿惠也不认识。但阿惠说，没事，我有手机导航。

出固原，走了两个小时的柏油路，然后转上了一条土路，又走了一个小时。一路上看到的全是赭色的土坡，起起伏伏，无穷无尽。阿惠嘴始终没闲着，充当义务讲解员，给米兰讲这里的风土人情、历史典故。阿惠说，这个地方，固原，海原，西吉，合称西海固。一说西海固，人们都知道这是宁夏最缺水最穷的地方，你看看，土都是红的，没水，太阳烤成这样了。阿惠又说，汶川地震知道吧，我们看电视都哭红了眼睛，可是还有一次地震比汶川还厉害，你知道吗，不是唐山大地震，那个电影我也看了，我说的是比唐山大地震还厉害的地震，不知道吧，是海原大地震，就是这儿，八点五级，汶川是八级，海原是八点五级，死了二十八万人，在这个人烟稀少的地方，死这么多人。哪一年？一九二〇年。

到了，野狐梁，阿惠说。

她将车停下来。

一点儿熟悉的影子也没有。米兰有些蒙。她看到了一个戴白帽子的小老头从院子里出来，上前询问坡上村。老头子用手一指，这道沟往里，碰到的第一个村是坡下；再往上，就是坡上。随之，他又补充道，就几户人家。

路很窄，只能行一辆小车，如果对面来辆车就毫无办法。阿惠勇敢地将车开上去。她很骄傲，这么窄的路，她竟然能开上来。坡上村，名副其实，在一个高坡上。村很小，有十几座院落。刚才戴白帽子的老头说只有几户人家，看来不止几户。米兰印象中村子大得多，是一个很广阔的世界，没想到会这么小。

米兰还记得她家的位置，她径直走过去。房子已经坍塌了，断壁残垣，荒草萋萋。院中的枣树还在，高处还挂着几个红枣。七岁之前，这儿是她的天堂。现在，竟是这样一番景象，她完全没有想到。

她设想过和母亲见面的情景，她还能认出母亲，母亲却认不出她。她们之间免不了会有冷场和尴尬。然后，母亲见到她二十年前舍弃的女儿，如此突然地出现在她面前，一副城里人的打扮，算得上亭亭玉立——不谦虚地说，堪称风姿绰约，她会是什么反应呢？米兰不得而知。

你为什么认为母亲还在这儿生活，而不是嫁到了别处？她心里笑自己想法幼稚。只有招赘，母亲才会在这里。否则，母亲怎会在这里呢。

隔壁三奶奶家，房屋还在，也没人。院里荒草没膝，看来好久没住人了。

她又去了几家，都没人。有一瞬间，她有一种非常奇怪的感觉，仿佛置身于一个荒村，村里游走着鬼魂，只是她看不到而已。直到在一个院落里见到一个喂牲口的女人，她心里才踏实下来。这个女人猛一看三十多岁，再细看，也就二十出头的样子，脸蛋红扑扑的，健康而又粗糙，是太阳和风霜联合作用的结果。她正在喂一头高大的骡子，木槽里有干草，可能骡子不爱吃，她在干草上撒一把豌豆。米兰想起母亲喂毛驴的情景。每次驮水前，母亲都给毛驴喂一把豌豆。骡子旁边放着驮架和两个大洋铁皮桶，毫无疑问，骡子是用来驮水的。院子里还有十几只山羊，在徒劳地寻觅吃的。她上前打招呼，那女人应一声。米兰的出现，让她感到吃惊。米兰不知道怎样和她寒暄交流，无话找话，忙着呢。那女人疑惑地看着她，嗯了一声。去驮水？那女人又嗯了一声。米兰说，我想打听一个人。她说出母亲的名字。那女人摇摇头。村边房子塌了的那家，院子里有棵枣树。那女人还是摇头。三奶奶呢？那女人又摇头，表情困惑，意思是我不知道你在说什么。米兰想她是嫁过来的媳妇，难怪。你叫什么？小爱。你爱人叫什么？有才。有才，这名字米兰毫无印象。他多大？二十三。你呢？二十一。村子里怎么没人？死的死，走的走，打工的打工。夜壶呢？小爱抿着嘴笑。米兰知道她误会了，赶快补充道，是外号，我不知道他叫什么，只知道他外号叫夜壶，好喝酒赌博。小爱摇头。小爱说，现在村子里只有三户，共住着四个人，她，她嫂子李娜，还有王云和她中风的老公公。王云的老公公叫什么？小爱说，叫栓子，被拴住了。米兰不记得这个人。她想去见见，也许他知道母亲的下落。小爱说，他憨了，不认人，也不会说话，就等着阎王叫他去了。

小爱将驮架放到骡背上，挂上两只大洋铁皮桶。她要去驮水。到哪儿驮水？哑女泉。米兰知道这是那个近的泉眼。远的泉眼叫白龙泉。两个泉眼她都没去过。她说，我跟你去看驮水行吗？小爱好奇地看一眼米兰，这个城市女人太奇怪了。她笑道，有啥好看的。

6

哑女泉隐藏在两道高坡的夹缝处。两道高坡像两条粗壮的大腿，哑女泉在那最神秘的地方，生命诞生的地方。坡很陡，无法直接下去。有一条"人"字形小路，是人和牲口共同踩出来的，通到下边。米兰想起课本上学到的，詹天佑设计的京张铁路，有"人"字形线路。二者异曲同工，一个是由天才的头脑设计出来的，一个是村民和牲口用脚走出来的。这条小路，因为被一代代人和一代代牲口无数次践踏，变得坚实和光亮，像赭色高坡上的一道美丽文身。米兰走上去，战战兢兢，怕自己一不小心从坡上滚下去。再看小爱，漫不经心，如履平地。骡子更从容，仿佛闭着眼也不会踩错一步。米兰想，母亲和那头毛驴也无数次走过这条路，其对这条路的熟悉一点儿不亚于小爱和这头骡子。米兰问小爱，去过白龙泉吗？小爱说，咋没去过，去年干旱，这儿没水，就是去的白龙泉，路可难走了，来回得大半天。比这儿危险吗？危险多了，有一段路叫鬼见愁，你想能不危险吗？米兰想象不出鬼见愁是什么样子，二十年前母亲摔下崖子，莫非就在鬼见愁？你怕吗？小爱说，怕有啥用，能不驮水？

哑女泉周围用石头砌起来，形成一个小小的水池，或者说是一眼浅浅的井更准确些。井台上放一个小铁桶。小爱用小铁桶盛水，倒进骡背上的大铁桶。三小桶装满一大桶。当初母亲也是这样装水吧，米兰想，不用将大铁桶从驴背上取下，否则装满水太重，她放不上去。母亲嫁到了哪里？她现在还用不用驮水？

米兰在村边与小爱告别。她抱着试试看的心情，又问了一句，大磨你知道吗？小爱很兴奋，终于发现这个城市女人并非走错地方，而是和坡上村确实有一丝联系。你说大磨啊，破烂王，谁会不知道呢。破烂王？小爱说，收破烂，发财了，住在市里，买了别墅。

米兰问怎样才能找到大磨，小爱说，去固原城一问，没人不知道破烂王。米兰还是不放心，固原城虽小，打听一个人恐怕也不那么容易。米兰问大磨住哪儿，小爱说她没去过固原，不知道住哪儿。

米兰坐上车，阿惠问，走吗？米兰说，走。阿惠打火，挂挡，松手刹，踩离合，桑塔纳启动了。刚开出几步远，阿惠将车停下，下巴指一下后边，你看。米兰扭回头，看到小爱飞奔而下。她下车，小爱已到跟前。小爱手里拿着一张名片。她说，大磨的名片，上面有电话，也有地址。米兰接过名片，上面印着北冰洋废品收购公司，大磨的头衔是总经理。她用手机拍了一张照片，又将名片还给小爱。小爱说，也好，我留着，说不定啥时去固原，有个吃饭的地方。

7

回去的路和来时的路是同一条路，却似乎更为崎岖和颠簸。桑塔纳如同风暴中的一叶扁舟，在波峰浪谷间起起伏伏。米兰从未晕过车，此时却感觉胃有些不舒服。她叫阿惠把车停下。骑驴比这颠簸多了，她想，那时也没有反胃。她感到有些害怕，母亲在身边鼓励她，别怕，有我呢。她于是不再害怕。母亲不会让她从驴背上摔下去，母亲只是——

母亲只是要把她送人。她当时不知道母亲的意图，否则，她宁愿从驴背上摔下去。她在小爱身上看到了母亲的身影。母亲牵着驴，她骑在驴背上，行走在倾斜的小路上。这幅画卷徐徐展开。她看到七岁的小女孩被她母亲驮去送人，而小女孩对自己的命运一无所知。小女孩陶醉于驴背给她的新奇刺激，异常兴奋。驴背颠、晃、摇，让她觉得坚实无比的大地在颠、晃、摇。她在驴背上看到的景象与平日完全不同，赭色高坡如同一个个体形庞大的动物，蠢蠢欲动。

那是去姑姑家。母亲要把她送人，首先想到的就是姑姑，毕竟有血缘关系，血浓于水。姑姑家有三个男孩，差不多都有门板那么高。姑姑又怀孕了，挺着大肚子，要不了多久就会再生一个。姑姑希望生个女儿。她说有了女儿就不愁三个小子都打光棍了，至少可以换一个媳妇。姑姑对你很亲，她拉住你的手说，我要有个你这样的闺女就好了。那天，母亲并没把你留下。她看到了把你留下的后果，你必然成为换亲的牺牲品。母亲是爱你的，尽管她要追求自己的幸福，她要把你送人，她也希望你有个好的未来。正是姑姑不经意间说出的话，让母亲打消了把你送给姑姑的念头。毛驴又把你驮了回去。

之后，母亲又领着你到县福利院。母亲让你在门口等着。你就老老实实在门口等着，看蚂蚁和一只毛毛虫战斗。对蚂蚁来说，毛毛虫简直是庞然大物。可它不是蚂蚁的对手，徒劳地挣扎一阵就认命了。县福利院里尽是老人，一个小孩也没有。你不明白母亲到这儿干什么。这又是一个命运攸关的时刻。但你当时仍然什么都不知道。不知道母亲要将你送到福利院，不知道福利院拒绝了母亲的请求。母亲出来时，魂不守舍。你觉得母亲老了许多。

米兰希望见到母亲时，母亲能够否认这些猜测，亲口对她说，去姑姑家只是走亲戚，去县福利院是因为有别的事。

8

米兰从她所站的位置朝坡上村望去，坡上村安静地沐浴在秋日阳光中。这个她度过童年时光的村子，如今正在荒芜和废弃，死气沉沉。如果记忆可以用橡皮擦擦去的话，你已无数次在头脑中将这个村庄连同与其有关的记忆擦去了。你擦去童年，擦去房屋，擦去道路，擦去母亲，擦去毛驴，擦去院中那棵枣树……擦去一切。只剩下一张白纸。你宁愿人生的最初七年是一片空白。

这个村子，米兰想，再过若干年，小爱也会搬走，其他两户也会搬走。房屋没法移动，就在风雨的侵蚀下，日渐衰老，死亡，坍塌为一片废墟。那时，不用橡皮擦，风会把这个村子擦去。

你没事吧？阿惠说。

阿惠这是在催她动身。

她说没事，你开慢点，这条路——

开了一会儿，阿惠突然将车停下来，让米兰下车，看地震遗迹。她指着一条沟壑，对米兰说，这就是那次地震留下的。猛一看，不觉得这条沟壑有什么特别，仔细看，的确不很自然。既不像天然的，也不像人工开凿的，纵贯南北，是一条很蛮横的沟。阿惠说，这是个大裂缝，现在已经不明显了。旁边竖有一块牌子，上写"1920年海原地震遗迹"。地震过去快一百年了，遗迹仍在，米兰吃惊不小。

9

回固原的路上，米兰闭上眼睛，打开车窗，任故乡的秋风吹拂着她的面颊和长发。与上海湿润柔软的风相比，这儿的风干硬凛冽，是全然不同的感觉。

关于大磨的记忆，如同一滴藏在水底的油，此时漂浮上来，在水面氤氲、扩散，呈现出奇异的色彩。打井队进村那天，她记得大磨穿着一件松松垮垮的旧西服，西服里没有衬衫，他是把西服当衬衫来穿的。那可是夏天，风都是热烘烘的，烫人。人们说旱得麻雀都没了时，大磨说麻雀都坐火车去新疆了。大磨还说城里人不喝水，只喝汽水。路上，大磨塞给你一瓶汽水，母亲夺了又还回去，不稀罕。其实，那时你真的很稀罕那瓶汽水，因为你没喝过。从大磨那儿，你第一次感到还有另外一个世界，生活着另外一些人，他们不喝水，只喝汽水。这个另外的世界就叫城市。大磨说城里人从来不驮水，他们不缺水，他们用的水叫自来水，水龙头一拧，水就哗哗出来了。他还说城里人上厕所都是用水冲，不像他们这儿，厕所里总有一堆土和一把铲子，每次便后用土将便便埋起来。大磨还说，城里到处都是霓虹灯，一到夜里五光十色，非常好看。那时她不知道什么叫霓虹灯。大磨还说城里人都住楼房，有摩天大楼，半截儿钻进云里头。大磨说城里人星期天都逛公园，公园里有各种各样好玩的，激流勇进，旋转木马，疯狂老鼠，碰碰车，哈哈镜，等等。总之，光怪陆离，充满奇迹，是天堂。大磨知道那么多，令你有些崇拜他。但母亲对大磨没好感，觉得他不务正业，好吃懒做，爱吹牛，云里雾里。你有些迷惑，不知道大磨究竟是什么样的人。小水那件事后，你骂大磨是人贩子，对他横眉冷眼。后来大磨救了你母亲，还帮你家驮水，你对大磨的看法又发生了改变，觉得他是可以接受的，他当你后爹也未尝不可。再后来，母亲要将你送人，一直找不到合适的人家，大磨就将打井队的米队长介绍给母亲。米队长是上海人，妻子不会生育，正想抱养一个孩子，等于瞌睡遇到枕头——正好。于是你被米队长领养了，你由安兰变成了米兰。当时你痛恨大磨，是他将你从母亲身边夺走，使你失去了母爱。但这件事究竟该如何看待呢？简单地说，是好事，还是坏事？不可否认，养父母对你视如己出，宠爱有加，将你培养成大学生，使你成为现在的你，而不是驮水的小爱。不能不说，那次领养彻底改变了你的命运。用句俗不可耐的话说，叫一步登天。大磨说城市是天堂，而上海则是天堂中的天堂。你到上海，不是一步登天是什么？如此说来，你不但不该恨大磨，还应该感激他。不过，人的感情是复杂的，不是简单的判断题，也不是加减法，而是一团雾。一想到七岁的小兰，你的心就是疼的。

一进入固原市区，米兰就给大磨打电话。她怕稍一犹豫，就会打消联系的念头，直接返回上海。如果说她对大磨的感情是复杂的，那么她对母亲的感情则是爱恨交织。母亲是爱她的，毫无疑问，即使在母亲决定将她送人之后，仍然爱她，可是她怎么会舍得将你送人呢？米兰渴望见到母亲，又害怕见到母亲。到底发生了什么事？也许什么事都没发生，真相是平庸的，就是一个女人为了自己嫁人，狠心将女儿送给了别人。如果是这样，你还想见母亲吗？打电话吧，一打电话就不犹豫了，于是她拨通了大磨的手机。

声音是有形象的。大磨带方言腔调的普通话，让米兰头脑中幻化出一个穿着名牌西服，捋起袖子，挥舞胳膊，唾沫横飞地训斥员工的活灵活现的小老板来。电话已经接通，大磨却还在和别人说话，他敲定一件事后，才与米兰通话。哪位？米兰自报家门，我是安兰。她特意用了以前的姓，二十年前坡上村的安兰，人们都叫我兰兰，或小兰，你还记得我吗？

电话里出现了短暂的沉默。大磨可能缺乏思想准备，思绪突然被拉回二十年前，他不太适应。但他很快就做出了极其热情的回应。当他得知米兰在固原，他说，等着我，我马上就订机票回去。米兰问他是否知道她母亲的情况。他说，不急，回去再说。刚挂断电话，大磨又打过来，询问她住哪儿，她说了宾馆的名字。他说，你等着，会有人去看你，一个你想不到的人。她问，谁？他说，先不告诉你，给你个惊喜。

10

回到宾馆，剩下的时间，米兰一直在猜测谁会来看她，毫无头绪，最终她放弃了这种努力。

一个女人敲开了她的房门。她不认识这个女人，但这个女人泪光闪闪，一把就将她抱住了，兰兰，我是小水啊。

　　这个她童年的小伙伴如今出落成一个丰满的女人，像成熟的石榴，红彤彤，亮晶晶，饱满的生命力将每处皮肤都胀得紧绷绷，仿佛随时都会炸开似的。她端详了好一会儿，才依稀看出点小水童年的轮廓。你真是小水？小水说，我真是小水。

　　我以为这辈子都见不到你了。米兰鼻腔发酸，眼泪突然涌了出来，她扭过头，掏出纸巾擦眼泪，擦着擦着，她肩膀耸动，再也控制不住自己，号啕大哭起来。小水抱住米兰的肩膀，安慰她，安慰着安慰着，也大哭起来。她们哭了好一会儿才平静下来。两个人都有些不好意思。小水说，我是高兴的。米兰说，我也是。她们从容端详了对方，努力将眼前或风姿绰约或饱满丰硕的女人，与二十年前或扎小辫或头发乱蓬蓬的瘦弱的小女孩联系起来。她们又哭又笑，哭的时候，心中喜悦；笑的时候，泪水飞溅。

　　米兰没想到她会在这儿见到小水，更没想到的是小水的故事与她记忆中的大相径庭。她记得那个夜晚之后，小水被卖到了城里。后来小水的父亲后悔了，想将女儿要回来，还和大磨打了一架。两个男人在村边的尘土中翻滚，离土崖子只有一步之遥。有几次都滚到了土崖子边上，差点掉下去，吓得兰兰发出尖叫。可他们心中有数，到边即止。夜壶不是大磨的对手，最后坐在地上，呜呜地哭起来。大磨站起来拍拍身上的尘土，撂下一句话扬长而去。你戒了赌再来找我。夜壶拍着大腿叫道，我戒了，我已经戒了。大磨头也不回，显然不信他的话。这一幕清晰如昨。可是小水说她并没被卖掉，而是被大磨带去交给了她母亲。

你母亲不是离家出走了吗？

是出走了，她在城里找了一份工作，在一老教授家当保姆，老教授很同情我娘，鼓励她将女儿接过去，她就找到大磨，让大磨帮忙。大磨想给我爹个教训，就说将我卖到了城里。其实，我是到了我娘身边。

你爹不知道这些？

他不知道。他可真蠢。

他还有点人性，后来后悔了，找大磨要我，大磨让他把赌戒了。戒赌可不容易，他剁了一个手指头，才最终戒掉。大磨带他来见我和我娘。我娘不见他，他就跪门口不起来。这是大磨出的主意。门口跪个人像什么话，我娘不能不见他。他举起手给我娘看他的四指，他说彻底戒了。再不戒就把手剁了。还保证再也不打老婆了。即使这样，我娘还不松口。我爹就在城里捡垃圾，不回去。我恨我爹，不和他说一句话。有时候他在上学的路上等着我，给我塞零食，我不要，他硬塞给我，我就扔地上。后来，我娘先原谅了他。其实也说不上原谅，是可怜他，偶尔在一起吃顿饭。我到现在也不原谅他，但他是我爹，他有个头疼脑热，我还不能不管。但从七岁过来，我就再没叫过他一声爹。

吃饭的时候，小水谈起老教授。老教授姓汪，写过不少书，现在大学里还用他的书做教材。可好一个老头儿。那年他七十岁，老伴儿去世了，他一个儿子一个女儿，儿子在美国，女儿在英国，都要接他过去，他死活不去，说生活不习惯。子女们劝不动，就提出一个条件，说留国内可以，但得有人照顾。老头儿身体很好，一个人生活没问题。他为了让子女们放心，就答应了。他并没把找保姆当回事，直到遇到我娘。那天，我娘已经三天没吃饭了，蹲在街头，面前放个硬纸板子，上面写着"找工作"三个字。再找不到工作，她就准备自杀。我娘到了这一步，都是我爹造成的。一个男人，赌博，酗酒，打老婆，让老婆流落街头，你说，他还是个男人吗？后来，又卖女儿，你说，我能不恨他吗？亲爹，不假，可是他配让我喊他爹吗！

小水说到这里，情绪激动，猛灌一口白酒，辣得眼泪都出来了。两个人都不能喝白酒，她们破天荒地要了白酒。两个人都不能吃辣，她们破天荒地点了麻辣火锅。也许是为了特别，为了印象深刻吧，她们勇敢地尝试着。辣椒让她们嘴唇哆嗦麻木，白酒是牛栏山二锅头，高度的，喝下去，从喉咙到胃都燃烧起来。

小水擦去眼泪，让自己平静一下，接着讲她母亲的故事。我娘命不该绝，她遇到了老教授。老教授从她跟前经过，停了一下脚步，我娘看着他，什么也没说。老头儿后来跟我说，他从未见过这样的眼神，既羞涩又渴望，眼中有两朵小火苗，却像是随时都会熄灭的样子。在这样的眼神注视下，你走开就像是犯罪。这是老头儿的原话，他是写书的，说出来的话就是不一样。他说，他那天并没想找保姆，但我娘的眼神让他改变了主意，他说出了改变我娘和我一生命运的话：你愿当保姆吗？

米兰能够体会这句话的分量。小水讲述时，她头脑中浮现出清晰的画面：一个身无分文的女人，蓬头垢面，饥肠辘辘，蹲在陌生的街头，与其说是等待奇迹，毋宁说是正在等待对人世间的最后一点留恋像一缕轻烟般散去，然后她就或跳河或卧轨，永远解脱了。老教授是上帝派来搭救她的人，她一定在他身上看到了菩萨的光。

小水说，我娘跟着老教授去给他当保姆，一干就是十七年，直到三年前老头儿去世。老头儿让我娘把我接过去，他认我娘做干女儿，我自然就是他的干孙女。三口人，一个家庭，其乐融融。外面有人嚼舌头，不管。说坏话，烂肠子，让他们说去。我七岁就在这儿上学，后来上了中专，学的是财会，前年考了个会计师，现在在一家公司当会计。我结婚三年了，那位是质检员，人好得很，上大学时上铺尿床，有时淋到他被子上，他一次也没声张，只是悄悄换被罩、晒被子了事。我们去年添了个女儿，已经会走了。

米兰由衷地为小水感到高兴。那个夜晚，小水从她家被带走，她以为是小水不幸的开始，为此她和母亲哭了一宿，却不想，那是小水人生的转折点，从此，小水过上了幸福的生活。老教授是她母亲的贵人，也是她的贵人。老头儿去世时立下遗嘱，将房子给了小水娘儿俩。他的子女们没意见，只要求把书留着。老头儿爱书，家里净是书。去年我们买了新房，小水说，母亲搬过来和我们一起住，但她每星期都会回去打扫卫生，几天不扫，屋里就一层灰。

米兰讲她初到上海时的孤独。不会说上海话，来自农村，土，什么也不知道，没有朋友，常被嘲笑，也不会说普通话，不敢张口，人们给她起个外号哑巴。她倒真想成为哑巴，那样就不必开口说话了。米兰说到激动处，吐出一句脏话，端起酒杯，眼泪滚落到酒杯里，她把眼泪和酒一同喝下去。

米兰笑着说，养父母对我都很好，和亲生的一样，比亲生的都亲，即使这样，过了三年，我才适应上海的生活。

她们说着喝着，不知不觉将一瓶二锅头喝完了。两个人都有些醉，精神亢奋，思绪飞扬，走路如同踩在云彩上，腾云驾雾。

11

一觉醒来，已是第二天早上，米兰还能记起她和小水走出饭店，在空阔的街道上唱歌，大笑，哭，像两个疯子。道路没有尽头，她们就一路疯下去，直到疯进梦里。借助酒精的伟大燃烧和对现实的隔离功能，她们开辟出一方自己的天地，只属于她们两个人的天地，在此天地，她们完全释放，尽情哭笑，无视人们奇怪的眼神，无视整个苍茫世界。后来怎样回到酒店，怎样睡下，她一概不记得。小水没有回家，和她住在一起。小水给家里打电话了吗？她不记得了。小水醒来后，她问小水。小水说，打了，肯定打了。小水这时才发现她有二十个未接电话，十个她爱人打的，十个她母亲打的。小水说，也许忘了打电话。她分别给爱人和母亲拨过去，心甘情愿地落一通埋怨。

中午的时候，她们见到了大磨。大磨请她们在丰乐生态园吃饭。不到这里，米兰很难想象固原会有这样一个处所，巨大的温室，里边到处是绿色植物和各种花卉，许多阔叶植物是南方物种，在北方难以存活，在这里却蓬蓬勃勃，生机盎然。许多花卉形状怪异，艳丽无比，一看就不是此地物种，但它们甚至比在原产地更为灿烂地绽放着。一句话来形容，这里是热带植物大观园，或童话王国。一张张桌子点缀其间。送菜的小伙子和姑娘都穿着轮滑鞋，速度快捷，技艺高超，来去如风。

大磨，竟然与她昨天通过声音想象的形象差别不大，名牌西服，袖子挽起来，只是没表现出训斥人时的严厉罢了。二十年前大磨夏天光身子穿旧西服的形象与现在不可同日而语。让米兰感到不可思议的是，大磨似乎生活在时间之外。二十年前，他显得苍老；现在他却显得年轻。那时他头发很长，乱蓬蓬，脏兮兮，说不定里边还藏着许多小动物；现在，理个小平头，头发根根直竖，如同一把钢刷。理发师手艺不错，修剪得一丝不苟。

大磨，这个将她最好的朋友卖掉，又将她从母亲身边夺走的人，她怨恨了二十年。昨天小水的故事颠覆了她固有的认知。其实，二十年前，她对大磨的看法就一会儿天上，一会儿地下。有时她对他恨得咬牙切齿，有时却希望他娶了她母亲，做她的继父。

一天，母亲将驮水的毛驴拉到集市上卖了。她完全无法理解母亲的行为。她尽管只有七岁，也知道毛驴是不能卖的。且不说她们对毛驴有很深的感情，毛驴像家庭成员一样与她们不可分割，单就驮水这件事来说，毛驴就不可或缺。没有毛驴，怎么驮水？她不知道母亲是怎么想的。母亲性格执拗，说一不二，她做出的决定谁也别想改变。卖毛驴的时候，她在场，她忍不住哭了。可母亲铁石心肠，不为所动。母亲将缰绳交给买驴人之后，头也不回，拉着她往前走。她满脸是泪，一步三回头。她一直哭到家里。她生母亲的气，赌气不理母亲。黄昏时分，她突然又看到毛驴走进院子，那份惊喜，无法用言语形容。二十年后，回想起来，喜悦仍然像一股暖流在她心间流淌。那是大磨带给她的。大磨听说她母亲将毛驴卖了，飞奔到镇上，又从买驴人那儿将毛驴买了回来。毛驴先进院子，大磨跟在后边。她母亲并不领大磨的情，让大磨将毛驴牵走。大磨说，你就当是我的驴，帮我喂着，驮水大家喝。

母亲为什么要卖驴？米兰记得大磨问过母亲这个问题，母亲是如何回答的？你别管。

母亲将毛驴处理掉，好拍拍屁股嫁人吗？这是合理的推测，很明显，她不打算继续在这里生活了。否则，她怎么会卖掉驮水的毛驴呢？要知道，没有牲口驮水，只靠人力挑水或背水，那么远的路，男人都吃不消，何况女人。整个坡上村，只有大磨没有喂牲口。他光棍一条，经常外出游荡，一点儿也不安分，怎么养得了牲口。即便是大磨，这个身体强壮的男人，背几次水下来也受不了了，要和母亲合伙驮水。也就是说，他看中了她们家的毛驴。可是，母亲卖掉毛驴，仅仅只是为了自己拍拍屁股嫁人吗？似乎不全是。

12

吃饭的时候，米兰提起这头驴，大磨说，这头驴后来随他进了城。那时候孤单啊，大磨说，幸亏有这头驴，我见驴比见人亲，和驴在一起比和人在一起自在，和驴说话比和人说话舒服。我给它起个名字叫马户，驴不就是马户嘛，这样驴就姓马了，我叫它马老弟，它是我的功臣。

他们由驴说到水，又由水说到城。说驴的时候，米兰心头热乎乎的，突然很想哭一场，不是伤心地哭，而是幸福地哭。毛驴相伴她的童年岁月，和她的生活息息相关，像家人一样，毛驴有个好去处，只有哭一场才能宣泄这种高兴，以及高兴背后的复杂情感。

说水的时候，他们有说不完的话。在坡上村生活，水是生活的中心和重心，是他们的日常生活，是他们生活质量的写照。大磨说他多次梦到家乡，梦里家乡如同地狱，遍地火焰，热浪滚滚，他渴得喉咙冒烟，却找不到一滴水。米兰也多次梦到家乡，在她的梦中，她永远是个七岁的孩子，家乡永远荒无人烟，比月球还荒凉，她独自一人，在无边无际的荒凉中哭着寻找妈妈，恐惧得浑身发抖。她痛恨这样的梦，痛恨自己的软弱，痛恨自己没出息。她没有和他们分享自己的梦。她不想让他们看到她心中的痛苦和恐惧。此时，她不想提那个人，那个她在梦中寻找的人，那个她喊妈的人，那个抛弃她的人。小水说起去米兰家喝水的情景，她刚提到米兰母亲，大磨就将话题岔开了。大磨说了句文绉绉的话：那里不适宜人类居住。大磨说，老村长一辈子的愿望，就是为大家打眼井，可是他到死也没实现这个愿望。他死不瞑目。米兰还记得老村长的样子，他脸上沟壑纵横，皮肤像揉皱的牛皮纸一样。她养父米队长对老村长印象极深。他说，你只要能打出水来，在他心上钻个窟窿，他也答应。米队长住到野狐梁的第一夜，早上，天不明就被老村长拽起来。老村长拉他到村头，让他看梁上驮水的影影绰绰的队伍。那一幕对米队长震动极大。米队长给他表态，哪怕将地球钻透，也一定要钻出水来。

怎么由水又说到城了呢？米兰说大磨有句话她印象极深，一辈子忘不掉。哪句？小水问道。米兰说咱们还在为没水喝发愁，大磨说城里人已经不喝水了。听到这句话我惊呆了。城市真是一个难以想象的世界。小水说，大磨叔，城里人不喝水喝什么？大磨卖关子，你猜。小水说，我哪猜得着。米兰说，汽水，他说人家喝汽水。汽水，难以想象。大磨说，那时候流行"北冰洋"汽水，现在你们知道我为啥把公司叫"北冰洋"了吧。小水说，我就纳闷，一个废品收购公司，为啥起这样一个名字，原来是从这儿来的……

这顿饭，大磨点菜不多，但很上档次。最上档次的是龙虾。米兰心里冒出一个词：暴发户！大磨说，京城八大傻瓜，第一傻就是吃饭点龙虾，米兰二十年没回来，今天就让我做回傻子吧。米兰想，也许他心中有愧，如此破费，讨个心安。她没说什么。酒，是法国葡萄酒，服务员说了名字，她没记住。

他们聊了很多，什么都聊到了，但最核心的问题都在回避。那就是：米兰的母亲在哪儿？米兰不提她母亲，是怕自己情绪失控。小水不提，可能不知道情况。大磨为什么不提？还在为当初没追上母亲耿耿于怀吗？

米兰去卫生间，远远听到哗哗的流水声。走近，看到洗手池上一个水龙头没关。一个小女孩站在旁边，手指着水龙头。她去关水龙头，发现水龙头是坏的，没法关上。她对小女孩说，我叫服务员来修。去找服务员时，她回头看一眼小女孩。瞬间，她有些恍惚，仿佛看到的不再是那个小女孩，而是二十年前的自己，七岁的小兰，面对水龙头大哭的小兰。

13

二十年前，她像小女孩这么大，母亲带着她到大城市游玩。她不记得这个城市叫什么，只知道很远，先坐汽车，后坐火车，路上用了两天时间。在火车站，她看到一个水龙头哗哗地流水，哭了起来。水多么宝贵，就这样白白流掉，她心疼，所以她哭了。

那是一次很奇怪的旅游。现在她知道母亲为什么卖毛驴了。母亲要带她到城里玩，需要钱，所以把毛驴卖掉。是不是太疯狂？是的。她完全无法理解母亲的做法。那时她还小，没将卖毛驴和到城市游玩这两件事联系起来。她在城里玩得很开心。第一次看到霓虹灯，第一次喝汽水，第一次坐旋转木马，第一次坐摩天轮，第一次开碰碰车，第一次照相……平生许多第一次都是在那一天完成的。

不可思议的一天。

欢乐来得太突然，让人不安。那年小兰虽然只有七岁，但也觉察到母亲反常。母亲俭朴，从不乱花一分钱。可这天，她想吃什么，母亲给她买；她想喝什么，母亲给她买；她想玩什么，母亲给她买。母亲满足她所有的愿望。母亲在挥霍。坐过旋转木马，坐过摩天轮，开过碰碰车之后，她便不玩了。母亲说激流勇进，她说不玩。母亲说阿拉伯飞毯，她说不玩。母亲说疯狂老鼠，她说不玩。母亲说鬼怪屋，她说不玩。母亲说蹦蹦床，她说不玩。母亲说童话世界，她说不玩。她什么都不玩。过山车？她的生活就是过山车。恐怖屋？她的生活就是恐怖屋。

那天，母亲去卫生间之后消失了。她找不到母亲。她孤零零一个人。游乐园不见了，代之的是无边的荒漠。这已经是梦中的景象了。那种恐惧，只能用恐怖来形容。她后来常做的可怕的梦，最能真切反映她那时的心境。她大哭起来。哭声引来工作人员。他们问她怎么了，她说妈妈丢了。他们正要帮她找妈妈，妈妈突然从地下钻出来。妈妈说是开玩笑，她就在旁边，只是躲着，没让她看到罢了。工作人员批评母亲不该开这样的玩笑。母亲接受批评，说再也不会了。真的再也不会吗？如今想来，那只是母亲抛弃她的一个预演。真正的抛弃，在后边，为期不远。

离开城市之前的最后一件事是，照相。母亲带她到照相馆，她照了平生第一张相，是和母亲合影。这也是她和母亲的唯一合影。照相馆冲洗照片需要时间，大概两三天吧，他们不能等。母亲交了钱，留下邮寄地址，带着她去火车站买票回家。

她没有看到这张照片。到现在都没有看到。

米兰找来服务员修水龙头。小女孩的母亲出现，拉着小女孩的手离开。她看着她们的背影。小女孩回过头看她一眼。她冲小女孩挥一下手。小女孩回她一个同样的手势。

米兰心中酸楚。她也曾这样被母亲拉着手，她也曾这样走在母亲身边，她也曾这样！

从大城市回来，母亲就是拉着她的手进村的，她记得很清楚。她们赶上一个历史性时刻：打井队打出水啦。村里一片欢腾，比过节还热闹。米队长捧着一碗水，递给老村长。第一口水应该让老村长喝。仪式简单而庄重。老村长接过碗，捧在胸前，手抖得厉害，水洒出不少。他眼含热泪，激动得说不出话来。怎能不激动呢？野狐梁祖祖辈辈缺水，吃水一直是村民的头等大事，大伙儿的苦恼所在，如今，在他手里结束了这缺水的历史，他能不激动吗？他慢慢将碗捧到嘴前，喝下第一口水。他的表情难以形容，脸上肌肉扭曲，泪水长流。这是高兴呢，还是痛苦？他将碗递给米队长，米队长有些疑惑，他喝下一口，旋即又吐出来，苦的，他说。

这就是命运，野狐梁的命运。千难万难打出水来，却是苦的。难怪老村长死不瞑目。

这也是她的命运。她命运的节点。只是当时她不知道罢了。

打井的工作结束了，米队长该离开了，而他将把她带到远方。

她，将被连根拔起，移栽到另一个地方。她，将与母亲分别，将与家分别，将与这片土地分别。

还有，她对自己的命运一无所知。而他们——母亲、米队长、大磨——是知道的。

大磨，他是牵线人，她恨他，恨了二十年。

单从结果来说，她应该感谢他。她现在生活得很好，这是养父养母给予的，但也与大磨分不开。没有他的牵线，她说不定生活在另一个家庭，是另一种命运。

14

回到饭桌上，龙虾粥上来了，不知谁已给她盛了一碗，放在她的餐位上。吃粥的时候，米兰在想这样一个问题：大磨明明知道她来此的动机，可他为什么迟迟不说母亲的情况，有什么不便说吗？

饭局终究要结束，问题终究要面对。

说说吧，我母亲的情况。饭后，米兰说。

不急，大磨说。

我打算明天回上海。

多住几天嘛，小水说，回来一趟不容易。

米兰笼统地说明那边有事。

大磨说，我带她去个地方。

看我母亲吗？

算是吧。

15

　　大磨将车开出城，朝西南开去。这条路米兰昨天刚走过，是回野狐梁的路。看来母亲嫁在野狐梁附近。要见到母亲了，米兰一点儿也不激动，只是紧张，心中五味杂陈。二十年来，她对母亲的感情经历三个阶段，先是怨恨，后是忘却，如今却复杂得多。如果不是养父将一包衣服交给她，她也许一辈子都不会回故乡的。养父说那是她母亲留给她的，从小到大，各个年龄段的衣服都有，甚至还有一套让她出嫁时穿的红衣服。这些衣服样式陈旧，与上海人的衣着格格不入，养父养母一直收着，从未让她穿。当然，即使他们让她穿，她也不会穿。穿上那些衣服，人们不把她笑话死才怪。尤其让她出嫁时穿的那身衣服，俗，艳，丑，如果她穿上出嫁，非轰动上海滩不可。可是设想一下，二十年前，一个大西北的乡下女人，为将要生活在上海的女儿准备今后十多年甚至二十年要穿的衣服，她能做些什么。

　　母亲什么时候做的那些衣服，她一点儿也不知道。合理猜测，只能是夜里，她睡着后，母亲蹑手蹑脚爬起来，在灯下悄悄给她缝衣服。在要送走她的那个夜晚,母亲一定是将大大小小的衣服摆了一炕,看着这些衣服,想象她一天天长大的样子。

那个夜晚她睡得很香很沉。那是她和母亲在一起的最后一个夜晚。

睡觉前,母亲要给她洗澡,她感到奇怪。水那么金贵,平时人们是不洗澡的。她问母亲为什么,母亲说,别管,洗就是了。她没多想,只是觉得很开心。

天很蓝,月很亮。月光如纱,薄薄的,轻轻的,柔柔的,滑滑的,落下来,在她的皮肤上。母亲在院里给她洗澡,满院子都是她咯咯的笑声。她从来没那么开心过。以后也没那么开心过。再往后,恐怕也不会那么开心。那个夜晚独一无二。天上的蓝独一无二,月亮的光独一无二,水的清凉独一无二。母亲的柔情独一无二,她的开心独一无二……

在路上,大磨说,我没想到你会回来,我以为你一辈子都不会回这个地方。

我也没想到,我也以为我一辈子都不会回来,米兰说,我养父给了我一包衣服,说是我母亲留给我的,所以我想来看看她。

我知道那包衣服,大磨说,这包衣服让我做了恶人。

大磨说那天早上,天不亮他们就来到她家门口。他和米队长,还有一个开三轮车的师傅。打井队有一辆汽车,但到坡上的那段路很窄,走不下汽车,所以他们雇了一辆三轮车。把小兰送给米队长是大磨牵的线。都谈妥了，但怎样将小兰从她母亲身边带走是个难题。大磨出了个馊主意，给小兰吃安眠药。别无他法。小兰母亲同意了，由她来喂小兰安眠药。怎么喂的，大磨不清楚。小兰也一点儿不记得。那天早上，小兰睡得很死，大磨将她抱上三轮车隔不久，她没醒。小兰的母亲很平静，没掉一滴泪。她看着他们将三轮车开走。

坏事就坏在三轮车上。三轮车突突突响得厉害，路又不平，颠得他们七上八下，心都快蹦出来。他们最怕的就是小兰醒过来，可小兰还是醒了。小兰有些迷迷糊糊。如果这时候她母亲不出现，她说不定还会睡过去。

小兰的母亲抄近路从一个坡上滑土滑下来，连滚带爬，追赶三轮车。她大叫，等等，等等。三轮车停下。大磨以为她后悔了，其实不是。她追过来，是为了送那包衣服。小兰听到母亲的声音，完全醒过来了，哭着要下去。大磨不让，她咬了大磨一口。大磨只好让她们母女见一面。小兰母亲摔倒在尘埃里，小兰跑过去，和母亲紧紧抱在一起。小兰哭着说，妈，别不要我，我听话，我干活，我伺候你，我不惹你生气，你别不要我。

是大磨将小兰从她母亲身边抱开的。

这不是一件容易的事。

他不明白小女孩哪有那么大的力量，她像是和母亲长到了一起似的。他将她拉开，仿佛是从她母亲身上撕下一块肉。他能听到骨肉分离的声音。这很残酷。

米兰不敢回忆这一幕。每次她只要一想到和母亲分离的情景，她就要发疯。她想用头撞墙。她想跳进冰湖中。她想大喊大叫。她想纵身跳入深渊。她想走进熊熊烈火中。她用刀扎自己的胳膊，看着血流出来。她不怕疼。她对自己说，不要想，不要想，不要想。她要有点出息，忘掉，忘掉，忘掉。可怎么能够忘掉呢？她后来能够做到不去想，但忘掉是不可能的。

到了二十年前米兰与母亲分离的地方。大磨将车停下，他耳畔回荡着一个小女孩撕心裂肺的哭声。

二十年，大磨说。

你恨我恨了二十年，大磨说。

你该恨我，大磨说。

你恨你母亲也恨了二十年，大磨说。

你母亲宁愿你恨她，大磨说。

不只是恨，米兰说。

还有——，米兰说。

忘却，米兰说。

我把什么都忘了，米兰说。

你可以恨，大磨说。

但是——，大磨说。

不该忘，大磨说。

为什么？米兰说。

我给你看样东西，大磨说。

大磨从随身携带的包中取出一张照片交给米兰。五英寸。彩照。

是二十年前米兰与母亲的合影。在照相馆照的。

米兰坐在母亲的腿上，母亲抱着她。两个人的表情都很严肃，没有笑容。那时，母亲的年龄与米兰现在的年龄差不多，但看上去老得多，至少比实际年龄大十岁。米兰清楚地记得照相时的情景。摄影师让母亲坐到一个圆凳上，让她站在母亲旁边。母亲没听摄影师的话，将她抱起来放腿上。就这样照，母亲说。摄影师看母亲说得坚决，便没再坚持自己的意见。他按下快门。米兰和母亲定格于那个瞬间。

这是米兰与母亲唯一的合影。

这也是母亲留下的唯一影像。

母亲，看上去那么熟悉，同时，又那么陌生。

母亲，她最爱的女人，同时，又是她怨恨的人。

16

车子重新启动。他们走的是和昨天一样的道路，又回到了坡上村。荒凉的坡上村。米兰疑惑，干吗要来这里，说好去看我母亲的，米兰说。

车停下来，他们下车。米兰又看到牵着骡子驮水的小爱。大磨热情地和小爱打招呼，还不搬？小爱说，习惯了。米兰冲小爱说声谢谢，小爱给她的名片起作用了。小爱笑笑，能帮上米兰的忙，她也很开心。

大磨带米兰和小水来到她家坍塌的房屋前。我昨天来过，米兰说。她不明白大磨将她带到这片废墟前用意何在。大磨摸摸枣树，听说枣结得很稠，每年都是，树枝都压弯了。当初毛驴就拴在枣树上。枣树旁还有一个架子，毛驴驮水回来，会自己走进架子里。米兰的母亲先将水桶挂在架子上，让毛驴出来，她再将水桶放下。若无架子，母亲就卸不下来水桶。如今，枣树还在，架子却无影无踪了。大磨往她们家驮过水，对这个地方有感情，不难理解。可毕竟没什么好看的。再说了，他们此行的目的也不是来缅怀往昔的。她要去见母亲。

大磨没有要走的意思。

二十年，大磨说。

这个秘密我保守了二十年，大磨说。

米兰听到"秘密"，凑过去，听他往下说。

我答应过你母亲，大磨说。

我来做恶人，大磨说。

让你恨我，大磨说。

你知道你母亲为什么要把你送人吗？大磨说。

米兰突然感到一阵寒意爬上脊背。她知道，她知道，莫非她错了？

你母亲要嫁人，大磨说。

那是个幌子，大磨说。

她是个自私的人吗？大磨说。

她会为了自己嫁人把女儿送人吗？大磨说。

二十年来，米兰困惑于这个问题，钻进牛角尖，不能出来。

你母亲有一天去驮水没回来，你还记得吗，摔下崖子那次？大磨说。

我将她送到医院，一检查，脑瘤，长的位置不好，没法手术，大磨说。

她的时间不多了，大磨说。

她让我保密，大磨说。

我答应了，大磨说。

她最放不下的就是你，你才七岁，离不开母亲，大磨说。

她想过把你送给你姑姑，大磨说。

她想过把你送给别的人，大磨说。

她有一个条件，就是能吃上水，不用驮水，大磨说。

这很难，大磨说。

把你送给米队长是我牵的线，大磨说。

你母亲对米队长很满意，大磨说。

她说她死了，可以瞑目，大磨说。

她宁愿你一辈子恨她，大磨说。

也不愿意你经历丧母之痛，大磨说。

17

怎么会是这样，怎么会是这样！米兰完全蒙了，仿佛挨了当头一棒。二十年的怨，怨错了。二十年的恨，恨错了。二十年的忘，忘错了。母亲为了不让她感到自己是孤儿，为了不让她经历失去母亲的打击，选择让女儿怨自己，恨自己，忘掉自己。

我母亲什么时候死的？

你走后第七天，大磨说。

那么快？

她不是病死的，大磨说。

她是饿死的，大磨说。

你把她的魂儿带走了，大磨说。

你走后她就不吃不喝，大磨说。

她不能失去你，大磨说。

你走那天，她的心就死了，大磨说。

死亡从那天开始，大磨说。

七天后，她死了，大磨说。

她死的时候手里攥着这张照片，大磨说。

放在心口，大磨说。

大磨将米兰带到她父母的坟前。坟上荒草萋萋。米兰知道这个坟头，她小时候来给父亲上过坟。坟不大，在村外一块荒地上。

你母亲也埋在这里，大磨说。

米兰跪下给父母磕头。

一个。

两个。

三个。

凤英，你女儿来看你了，大磨说。

凤英，米队长对小兰很好，大磨说。

凤英，小兰读了大学，大磨说。

凤英，小兰结婚了，大磨说。

凤英，小兰过得很幸福。

18

翌日，米兰告别固原，乘 LR1520 航班飞西安，转 MU880 航班回上海。下飞机后，她没有直接回家，而是去了养父养母那里。

这时已是晚上，她憋了两天的眼泪再也控制不住，扑簌簌落下来。养母以为发生了什么事，养父说没事没事，好像他猜到她会哭一场似的。果然，米兰号啕大哭起来，足足哭了一个时辰。

创作谈一：走进小说世界

2010年初春，我到宁夏西海固采风，住在李俊乡一位回民老乡家中。春寒料峭，白天燠热，夜里很冷。平生第一次睡在炕上，老乡将炕烧得很热，开始感觉很舒服，后来就热得难受，不断翻身。挨着炕的半边热，不挨炕的半边冷。几天下来，渐渐适应，翻身便不那么多了。这个地方缺水，每一滴水都被充分利用。洗脸要两个人配合，一个用一把铁壶浇出一个细细的水线，另一个用手接住，一滴不洒，所接之水仅够把脸濡湿，抹拉几下，脸就洗干净了。

我所住的这个村子就是小说《灼心之爱》中提到的坡下村。这个村子没有水井，更没有自来水。水是买的。有人卖水，一个电话过去，三轮车便会送水上门。通往村里的道路只能走三轮车。水是从镇上运过来的，自然不会便宜。

从坡下村往上，沿着一条崎岖的道路走大约半个时辰，就会来到一个吃水更困难的村子，也就是小说《灼心之爱》故事发生的核心地方——坡上村。这里，因为遥远，因为行车不便，卖水的商人也弃之不顾，不做这里的生意。

坡上村吃水要用骡子到很远的地方去驮。在坡上村，我遇到小说中的小爱，她和小说中描写的一样，二十来岁，强壮的身板，高原红的脸蛋，质朴开朗，给人以亲切之感。我随她去驮水。驮水点没有名，在小说中我将之命名为哑女泉。泉眼在两道梁的交会处，要从陡峭的土坡上下去。人和牲口踩出一条"人"字形道路。我走得惊心动魄，小爱和骡子却是如履平地。

这次采风使我得以提前走进《灼心之爱》的小说世界。

《灼心之爱》的故事就发生在这个地方。赭色的山岭像翻滚的波涛一样触目惊心，干旱的土地仿佛被大火烘烤过一般，灼热冒烟。还有，九十年前，这里经历过一次可怕的地震，地震的裂痕至今犹在。

我看到了小说中所描写的极具视觉冲击力的地貌，看到了破败荒凉的村子，看到了可爱的小爱，看到了驮水的大洋铁皮水桶，看到了崎岖的"人"字形道路……

我知道一桶水有多重，知道如何往桶里灌水，知道怎样将灌满水的大洋铁皮水桶从骡背上卸下来，知道一滴水有多珍贵……

我在小说主人公米兰停留过的机场逗留过，我在米兰吃饭的地方吃过饭，我在米兰撕心裂肺哭喊的道路上驻足过……

小说中每一个细节我都推敲过，都有真实的依据。正因如此，我对写下的每一个字都有信心。

2010年的采风还有一件事印象深刻。虽然缺水，回民老乡家中却非常干净，尤其是厕所，毫无异味。他们发明了一种掩埋法，厕所就是一个坑，旁边备一堆土一把锹，每人上完厕所就用土将粪便掩埋起来，既简单又环保。

那片土地和那片土地上的人，我写进小说，不是为了纪念，也不是为了忘怀，而是为了一份难以掩饰的感动……

创作谈二：小说之外的画面

这个篇幅不长的小说我写了好几年，因为不急于投稿，所以我有机会一改再改，一删再删。毛姆说写作的秘诀就是删、删、删。在这个小说的修改中，我体会到删的快乐。删去的文字远比留下的文字多，删去的画面也远比留下的画面多。

初稿，我从母亲的角度叙述故事，母亲做出"残忍"决定并付诸实施。所有画面都写下来了，如同一部电影。后来，绝大部分删了，换成从女儿的角度叙述故事。二十年的恨发酵之后，会是什么样呢？于是二十年后和二十年前的故事融合到一起，有了现在这个文本。在我来说，小说是由文本之内的画面和文本之外的画面两部分共同组成。下面略举三个删去的画面，权当花絮，使大伙儿得以向文本之外打量一眼。

第一个画面：汹涌的赭色，一群男孩子在滑土，他们从斜坡上滑下，笑声与尘土一同飞扬，然后一个个变成赭色的灰猴。滑土，这是他们的游戏和娱乐。

第二个画面：两个小女孩，站在崖畔上，看着远处，也许在看男孩子们滑土，也许在看天边的云。其中一个是小兰，穿一件碎花衣服，扎两个小辫。另一个叫小水，是小兰形影不离的好朋友。小水总是头发乱蓬蓬，脸脏兮兮。每次小水来小兰家，小兰母亲都用木梳给她梳头，用毛巾蘸水给她擦脸。那个时候，她们只有七岁，整天在一起玩耍，她们还不知道她们的人生将要上演怎样戏剧性的一幕。

第三个画面具有象征意义。炎炎烈日下，几辆汽车在土路上颠簸，烟尘滚滚。突然，一头母牛从坡上狂奔而下，挡住车队去路。车队停下来。打头的是一辆拉水的车，后边跟着打井的车，再后面是一辆客车。拉水的司机下来驱赶牛，用土块砸，用棍子打，用点燃的油布烧，母牛一动不动。后面车上的人纷纷下来观看，这牛怎么啦？拉水的司机似乎明白母牛的用意，他拿出一个搪瓷盆子，打开水车阀门，放出一盆水，端到母牛跟前。母牛是要讨水喝吗？大伙儿都屏住呼吸，看着母牛。母牛看到水，鼻子翕动，闻闻水的气息。可它并没喝水，而是昂起头，冲着土坡叫了一声：哞——。一头小牛飞奔而下，来到母牛跟前，贪婪地喝起水来。顷刻间，将一盆水喝个精光。小牛感激地舔舔母牛的眼睛，母牛也伸出舌头舔舔小牛的眼睛。然后，母牛领着小牛离开大路。所有人都被震撼了，足足有一分钟，谁也不说话，也不动，只是看着母牛和小牛远去。

当然，还有更多的画面消失在删除键下。读者看不到这些画面并非损失，因为通过想象产生的画面又将远远多于我删去的画面。小说最终是在读者的阅读和想象中完成的。

把黑豆留下

1

老谭曾是谭所长。退休前他是蛇尾乡派出所所长，人们叫他谭所长。现在，人们叫他老谭。

老谭的生活很快就要发生改变了，可他并不知道。他像往常一样，穿上风衣，勒上围脖，准备关电视出门。

每天这个时候，他都要到街角盘桓两个小时，下棋，或看别人下棋，直到小学放学，他去十五小接外孙女琪琪。其实学校离家很近，琪琪完全可以自己上学和回家。因为去年学校出了一档子事，两个小学生在校门口被绑架了，学校就要求家长必须接送孩子。女儿和女婿工作忙，就把他从镇上接来，把接送琪琪的差事交给了他。

他心里清楚，接送琪琪只是一个借口，女儿和女婿的目的是把他弄进城。他们成功了。退休后，他一个人待在镇上，女儿女婿多次劝他进城，他都拒绝了。退休本就不适应，再进城他就更不适应了。他身体健康，不需要子女照顾，进城干什么，坐吃等死吗？可是女儿女婿让他接送琪琪，他再不进城就说不过去了。在镇上，他可以穿着旧警服为人们调解纠纷，可以和几个老朋友一起喝个小酒儿，吹个小牛儿。到城里后，除了接送琪琪，他什么事也没有，寂寞得发慌，心里长满了草。渐渐地，他成了棋摊儿的常客，下下棋，或者看人下下棋，斗斗嘴，或者听人斗斗嘴，心里竟然不那么空落落了。

老谭渐渐适应了城里的生活，他想，这辈子就这样了。他没想到一个小小的污渍，会让他的生活拐了一个弯。

前面说到他穿上风衣勒上围脖准备关电视出门，如果他就此关电视出门，他的生活可能日复一日就这样持续下去，不会拐弯。这时候，命运那只看不见的手要拨弄他了。于是，小小的污渍出现了。

老谭正要关电视，一低头，看到裤子上有个污点，像是滴上去的牛奶。他虽不是很讲究的人，但看到了，不能不擦一下。他用毛巾蘸水，三下两下就擦去了污渍。这耽搁了他十秒时间。

十秒已经够了，足以改变他的生活。

电视机开着。一般来说，节目很无聊，看不看无所谓。他从未想到电视节目中的事会和自己有什么关联。可这会儿，他突然在电视上看到了黑豆，确切地说，是他认出了黑豆。一瞬间，他的心仿佛被一双粗糙的大手用力地揉搓了一下，极不舒服，非常难受。他想象不到黑豆竟然会落到如此凄惨的境地。

……他蜷缩在墙角，像一小堆儿肮脏的垃圾。如果不是那双眼睛，很难看出那是一个可怜的小生命。他满头疤癣，手上布满冻疮，有的已经溃烂（记者给了特写镜头），脸像是打从娘胎出来就没洗过，那双眼睛也毫无光泽，如同两粒黑石子。女记者问他话，他一句也不回答，而且面无表情，你搞不清楚他是聋子还是哑巴。

"这个孩子在我们的采访过程中没和我们说过一句话，我们都不知道他会不会说话，问附近的村民，村民说他不是哑巴，但就是不说话，平常也不说话。"女记者解说道。

"这样有多久了?"女记者问一个村民。

"好久了。"

"好久是多久?"

"四五年吧。

"从出了那事，就没再听他说过话。"另一个村民道。

"他被吓傻了。"又一个村民笑道。

"是叫矮子打傻的。"一个半大小子插了这么一句，跑开了。

…………

女记者面对镜头，充满同情地解说道："这又是一个不幸的孩子，无论家长犯什么罪，孩子是无辜的，可这些无辜的孩子却遭受了太多的苦难……"

的确是黑豆！他认识这孩子。在采访快结束时，黑豆站起来，面无表情地走了。他的背影逐渐远去，消失在一片灰暗的天空下。让老谭非常惊讶的是，这孩子的个头儿和五年前一样，也就是说，他竟然一点儿没长高！算起来，黑豆应该九岁了。五年前，他将黑豆的母亲送进监狱的时候，黑豆就是这么高，现在竟然还是这么高。是什么让一个孩子停止了生长呢？

这档节目是女记者采访几个服刑人员的子女，有的是跟着年迈的爷爷奶奶艰难度日；有的是流落街头靠扒窃为生；有的（就是黑豆）是跟着非亲非故的侏儒生活，受尽折磨……记者呼吁全社会都来关心服刑人员子女的问题，给他们温暖，让他们能够健康地成长。

老谭关了电视之后，站那儿愣了一分钟，刚才他头脑中倏尔闪过一个模糊的念头，他没有抓住。这会儿他竭力想在头脑内部茫茫宇宙中找回这束光，可是哪里还有踪影。他摇摇头，感叹真是老了。

他头脑中全是黑豆小小的身影。他清楚地记得当初姚雪娥判刑之后，他特意交代村支书，要安排好她的两个孩子。后来村支书告诉他，两个孩子都让亲戚领养走了，好像一个是小孩的舅舅领养的，一个是小孩的姨领养的。黑豆怎么会到侏儒手上呢？

姚雪娥的案子是他退休前办的最后一个刑事案件，也是他在蛇尾乡派出所当所长期间办的唯一一件凶杀案。这个案子为他的警察生涯画了一个圆满的句号，也成了他吹牛的资本，用他的话说——"咱也是办过大案的人……"他吹牛的时候从没想到过姚雪娥的两个孩子，即使想到，那念头也是一闪而过，根本就没在头脑中停留。

今天他从电视上看到黑豆，再也挥不去这个影子，无论是走路还是下棋，无论是吃饭还是睡觉，黑豆总在他眼前出现。下棋时，他头脑中突然蹦出一个声音：这事与你有关！

他愣了一下，消失在头脑内部茫茫宇宙中的那束光好像又闪了一下，但他仍然没有抓住。该你下了，老郑催促他。他回过神来，跳马。你这马是铁腿呀？老郑捣着棋盘说道。原来马别腿。竟然犯如此低级的错误，他脸红了一下，推枰认输了。他把位置让给了别人。

他又看了一会儿棋，但并没往脑子里去。他还在头脑的宇宙中捕捉那束消失的光：一个模糊的念头。

去接琪琪的时候，他的思维还没有收回来，以至于琪琪到了身边他还没有看到。

琪琪问他怎么了，他说没事儿。

琪琪说他看上去像是在梦游。

"你知道什么叫梦游？"

"我当然知道了，梦游就是做着梦到处走……"

他看看琪琪的个头儿，比黑豆高多了，而琪琪只有八岁，比黑豆还小一岁。

吃晚饭的时候，老谭头脑中还在不断回响着那句话：这事与你有关，这事与你有关，这事与你有关，这事与你有关……这让他厌烦透顶。他想，我做错什么了？只不过是机缘凑巧，破了一件大案，惩罚了两个罪犯（姚雪娥和胡老二，他们联手杀死了姚雪娥的丈夫胡老大，一个被判无期，一个被判死刑），如此而已。姚雪娥的两个孩子，他特意交代过村支书，让村里安排好他们的生活。于公于私，他都问心无愧。

女儿小梅和女婿郑志雄看出他有心事，问他，他说没事，什么事也没有。我能有什么事呢？他说。

他们看他不愿说，交换一下眼神，也就不再问了。

晚上，老谭独自待在自己房间里的时候，他又将姚雪娥的案件回想了一遍，他不得不承认，这事的确与他有关。如果五年前深秋的一天他不去坡头村，一桩可怕的血案就有可能永远被掩盖起来。那样姚雪娥和胡老二就会逍遥法外。说不定姚雪娥早就嫁给了胡老二，一家子过着平静的生活……黑豆也不会沦落到今天这步田地。

早上起来，头天消失在头脑内部茫茫宇宙中的那束光又出现了，这次是如此清晰，如同一个定格的闪电。他看清楚了，那束光——那个念头，就是：去看看这个小家伙！

他对女儿女婿说他要回趟蛇尾乡。他们问他有事吗，他说有点事，但没告诉他们是什么事。现在他不想说，因为说不清楚。他自己也不明白自己的动机。

坐上长途汽车后，他给安东所长打电话，说他要回趟蛇尾，看能不能叫小郝去车站接他一下。从县城到蛇尾的班车一天只有一趟，他怕赶不上。他当所长时，安东是副所长，小郝是司机；现在安东是所长了。安东很会来事，他说，干吗让小郝去，我去！他说老领导回来了，他就是司机，这光荣的差事哪能交给别人。

两个半小时后，老谭坐上了安东的车。安东和他开玩笑，说他进城后把弟兄们都给忘了，一会儿要罚酒。老谭说他梦里不知回来多少次了，每次都被他们灌醉，弄得他都不敢回来了。他说这次就饶了他吧，他想去坡头村一趟。

"那儿还是老样子，什么也没变。"安东说。

他的言下之意是：那儿没什么好看的，去了只会失望。

"我想去看看黑豆。"他说。

"你是不是看了电视？"

"嗯，我没想到……"

"我也没想到会这样。"

2

老谭和安东在村里找到杨支书，说明来意。杨支书领着他们上山。"黑豆在山上。"杨支书说。

路上，杨支书给他介绍了黑豆的情况：

"那个案子出来后，他爹死了，他妈和二叔被抓了起来，他就没有家了。人们说他是孽种，没人要他。起初他姨将他领去几天，家里生气，过不下去，就又把他送回来了。没有人收养他。人们说他是个灾星，谁肯把灾星领回家。村支部不能看着他饿死，悬赏二百斤小麦和一百块钱，谁收养他给谁。没人要他。这时候，矮子站出来，说他要。我说，矮子，你自己都顾不住自己，还逞能？矮子说，拉出来的屎，还能再坐回去？你听听，多难听。有心不把他给矮子，可是谁要？二百斤小麦和一百块钱归了矮子，黑豆也归了矮子。矮子让他喊爹，他不喊。矮子打他，他还是不喊。矮子说，除非你不说话！从那时起，人们就再也没听到他说过一句话，五年了。"

杨支书叹息一声，接着说："矮子还对他说：不许你长个儿，你要是敢超过我，我就把你脚砍了。不知是真是假，反正有人这样说……"

山坡上一派荒凉景象，草都干枯了，没有一点青色。一只母山羊和两只小山羊在啃着刷子一样干硬的草，啃来啃去也啃不到多少吃的，三只山羊的肚子都瘪瘪的。黑豆躺在背风的地方，漠然地看着铅灰色的天空。

老谭、安东和杨支书在黑豆跟前停下来。黑豆和老谭在电视上看到的一模一样，不差分毫。尽管老谭已有心理准备，但看到黑豆那一瞬间他还是很震惊。黑豆穿着又脏又破的空筒棉袄和棉裤，胸前像盔甲一样又明亮又坚硬，能划着火柴，露出来的棉花也都变成了黑色。他流着鼻涕，表情木然，头上长满脓疮，有的已经结痂，有的还在往外流脓；他的手因为冻了，肿胀起来，仿佛在里边吹了气一般，皮肤随时都要绽开。另外，他那么小，还和五年前一样，莫非跟着侏儒生活就会变成侏儒不成？没有这样的逻辑。可是，事实如此，黑豆就站在这儿，他五年没有生长，他成了一个侏儒。老谭感到自己的心被什么东西狠狠地挤压了一下，异常难受。

"黑豆。"老谭叫道。

黑豆面无表情地站起来。

"你住哪儿?"

他不说话，就像一根黑木桩。

"黑豆，"老谭说，"你能领我们去看看你住的地方吗?"

黑豆看了一眼在坡上啃草的三只山羊，转过身，下山。老谭、安东和杨支书跟在后面。

老谭刚才上山已经汗津津了，他暗暗感叹身体大不如前。下山虽说轻快一些，他还是呼哧呼哧喘上了。安东和老杨放慢了脚步。

"我快成废人了。"老谭自嘲道。

"城市住久了，猛然上山下坡，肯定不习惯。"安东说。

黑豆已经走到前边，他连小孩也赶不上，真是丢人。

下一道坡，过一道沟，又上一道坡，他们来到了黑豆住的地方。

这是一处孤零零的宅子，三间瓦房，一个羊圈，再加一个不像样的院子。老谭几年前来过。这是血案的发生地，他每个地方都仔细察看过，自然非常熟悉。几年过去了，这里还是老样子，什么也没变。他没想到黑豆会住在这个血腥的地方，他不做噩梦吗？

他说："黑豆还住这儿啊?"

杨支书说："还住这儿。"

老谭围着院墙根儿的那堆石头转了转，说："这堆石头还在。"

杨支书说："没人动。"

当年姚雪娥和胡老二把胡老大杀了，就埋在这堆石头下。后来警察来搬开石头，将胡老大的尸体挖了出来。"从那时候起，再没人动过这些石头。"杨支书说，"那时啥样，现在还啥样。"

老谭要看黑豆住的地方。门没有锁，他们就自己进屋去看。床像个狗窝，乱糟糟的。老谭以为黑豆睡在这张床上，和矮子睡一起。

"你睡这儿?"老谭问黑豆。

黑豆不言，走到羊圈门口，往里指了指。

羊圈里臭气熏天，没有窗子，一片黑暗。老谭什么也看不到，脸上有些疑惑。待适应黑暗之后，他看到角落里有一堆麦秸和一床黑被子。被子破烂不堪，露出黑色的棉花。他不敢相信自己的眼睛。他让安东看，安东看后，又让杨支书看。

都看后，三个人你看看我、我看看你，无话可说。

"你们都看到了。"老谭说。

安东把杨支书叫到一边，也没叫远，就在那堆石头那儿。看样子要和他说悄悄话，但声音却很大。

安东说："你都看见了？"

杨支书说："这个矮子太不像话了，看我怎么收拾他。"

"现在是啥年代，那儿能是人住的地方？"

"我没想到会是这样……"

…………

老谭点上烟，一个人抽烟，狠狠地把烟往肚里吸，再狠狠地吐出来。黑豆站在旁边，怯生生地看着他。

让安东和杨支书先交涉吧，他等会儿再出面，免得把事情弄僵，毕竟要指望杨支书，不能过于责怪他。

3

安东和杨支书是在演戏吗？老谭明白，不在其位，不谋其政，他退休了，身份是老百姓，不便管"闲事"。安东在替他说话。安东是所长，和杨支书交涉，算是工作。他待一边是对的，且听他们怎么说。

两人说着说着就有点戗上了。安东让杨支书想办法，杨支书苦笑一下，说："能有啥办法？该想的办法都想了，不管用。"

安东说："你是支书！"言下之意，连这个问题都解决不了，你还当啥支书？

"支书可稀松。"杨支书不软不硬顶了安东一句。

"那你的意思是，让黑豆继续跟着矮子?"

杨支书用沉默表示，只能这样。

当听到还要让黑豆跟着矮子，老谭心里的火一下子就蹿了起来，他走过去不假思索地说："要不，我把黑豆带走?"

他本意是讽刺挖苦杨支书，将他一军。

"这再好不过了。"杨支书趁腿搓绳说，"这娃子有福了。"

杨支书不吃他那一壶，反将一军。别看说得轻描淡写，其实很呛人。说着容易，有能耐你把他弄走试试。杨支书本意也只是撑老谭一句，并没想真把黑豆撂给老谭，那怎么可能?

"这不合适吧?"安东拉拉老谭的衣襟，让他冷静。

"没啥不合适的，都不要我要!"老谭突然逞起英雄，他头脑发热，像块烙铁。

"矮子不会答应的。"安东说。他还在为老谭找台阶下，他不能看着老谭跳进坑里，袖手不管。

"他敢!"杨支书突然厉害了，拍着胸脯打包票，"包在我身上，我去找矮子说!"

杨支书刚出门，又折返回来，拉上安东和老谭一起去。

"我想，最好咱们一块儿去，有你们在，我看他敢放个屁!"

他想借安东的虎皮吓唬吓唬矮子，或者，他怕安东打烂锣，才故意叫上他们。

他们在村中间找到矮子。矮子见了他们筛糠般地抖着，不敢正眼瞅他们。

"知道为什么来找你吗?"杨支书厉声道。

"我……没犯法。"

"没犯法，警察会来找你吗?"

"我……"

"我什么我? 知道你犯什么法了吗?"

"不知道。"

"你虐待儿童，知道不?"

"我……没有。"

"没有? 你是不见棺材不落泪!"

矮子不敢吭声。

"他们就是来解救黑豆的，你同意他们把黑豆带走吗?"

这时候矮子还能说什么，他被支书给吓蒙了，头耷拉下去。

"你们把黑豆带走吧，他同意了。"杨支书说。

杨支书一番不露声色的精彩表演，把老谭给迷惑了，他只得跳进自己挖的坑里:把黑豆带走。

出山的时候，老谭昏倒了。他摇摇晃晃倒下的时候，安东扶住了他，让他坐到一块大石头上。他从口袋里摸出糖块，想剥开填进嘴里，但抖得厉害，糖块掉地上了。安东把糖块捡起来，剥开，塞他嘴里。过了一会儿，他恢复了意识。杨支书不合时宜地说："要不，把黑豆留下吧?"

老谭摇摇头。

"低血糖。"老谭说，"吃个糖就没事了。"

老谭有糖尿病，必须吃饭及时。杨支书要留他们吃饭，他们谢绝了。在村里吃饭，没有一两个小时，是张罗不出来的。安东提议到镇上吃饭。到镇上后，老谭说不在镇上吃，到县城吃。镇上熟人太多，他可不想见人就解释黑豆的事。再者，他怕人们笑话他，他做的这件事想不让人们笑话是不可能的。他能猜出人们会怎样议论这件事，无非是说他傻和疯呗。他让安东停车买了三个烧饼，一人一个，先垫垫。

到县城后，安东说："去鑫百万吧。"

老谭说："找个小店，清静。"

"好，听领导的。"

二人心照不宣，都明白领着黑豆去大酒店是不合适的。

安东在一家烩面馆门口停下。

"这儿也不错。"

这种小店，人还不少，可见饭菜便宜可口。

他们进去时，老板娘特意瞅了一下黑豆，皱皱鼻子。如果不是跟着他们，老板娘大概不会让黑豆进去。他们找位置坐下，安东张罗着要了两个卤菜、三碗烩面。

"喝点儿?"安东说。

"不了。"老谭说，"你还开车。我，医生不让喝酒。"

"那好吧，吃饭。"

安东穿着制服，人们有意无意会多瞅他们两眼，肯定在心里猜测三个人的关系。让他们猜去吧，老谭想。

饭后，安东将车开到洗浴城门口停下。

"时间还早，洗个澡再回吧。"安东说。

安东想得很周到。这个浑身脓疮散发着臭味的小侏儒，身上肯定藏着无数的虱子，不洗洗怎么能往家领呢? 即使安东不这样安排，回到南阳他也会先带他去洗澡的。

由于是安东在张罗，洗浴城的工作人员虽然嫌恶，却不能拒绝黑豆入内。尽管如此，前台服务员还是忍不住嘀咕："会影响生意的。"安东说："少废话，顾客都是上帝。"

安东问前台要了个塑料袋，给老谭："一会儿把他的破烂塞进去，不要了，我去买一身儿。"

"好。"老谭说。他也接受不了黑豆身上穿的衣服，与其说是衣服，不如说是垃圾，脏、烂、臭。黑豆给人的感觉，不是从哪儿捡的，而是从垃圾堆里刨出来的。

服务生特意交代老谭，要给黑豆洗淋浴，别往池子里去。

老谭没好气地说："知道。"

黑豆大概从没洗过澡，不知道怎么洗。老谭打开喷头，调好水温。他要黑豆往喷头下站，黑豆不敢，吓得半死。水并不很热。老谭将他拉过来，不松手。黑豆渐渐适应了，不再挣扎。老谭带着厌恶的表情给他擦洗。水从他身上流下去，就变成了黑汁子。老谭一边给他搓灰，一边自怨自艾：

"我可真会给自己找事儿……你是真不会说话，还是假不会说话，莫非你变成了哑巴……我不知道你傻不傻，我傻倒是真的，我是天下头号傻瓜，没有人比我更傻了……我该拿你怎么办呢？"

黑豆就像是躲进了自己身体的深处，让老谭摆弄他的躯壳。

老谭和黑豆从洗浴间出来，到更衣处，服务生将袋子交给老谭。"安东让给你的。"服务生说。安东给黑豆买了内衣内裤、棉袄棉裤。黑豆穿上新衣服，焕然一新。那袋破烂衣服，老谭塞进了垃圾筒。他们还没离开，服务生就捏着鼻子将垃圾拿出去倒了，真是不给他们面子。

从里边出来，老谭要给安东钱，安东坚决不要，说："你这不是打我脸吗？你能这样，我就不能……"

老谭没再坚持。

老谭从安东眼里看出了同情。

安东执意要送他们回南阳，老谭说什么也不让。

"坐上车很快，你何必再跑一趟。"

他想说，这事与你无关，这是我自找的，你不必歉疚……但他没说出来，毕竟安东也是一片好意。

4

回到南阳，天色已晚，街灯都亮了。

老谭领着黑豆从长途站出来，没有打车，他要走回去。女儿家离车站不远，步行也就半小时。

老谭回去时一个人，回来变成了两个人，怎么给女儿女婿交代？路上，他一再回想当时的情景，仍然弄不明白这是如何发生的。他肯定是疯了，如果没疯，他怎么会把黑豆带回来呢？这个浑身散发臭味、头上长疮、手上流脓的小侏儒，他该拿他怎么办呢？

在黑豆家，他头脑里有一个声音："这事与你有关，这事与你有关，这事与你有关……你不能袖手不管，不能让一个孩子过这种牲畜不如的生活。"这声音是从哪儿来的？如果没有这个声音，他也许不会失去理智，把黑豆领回来。

黑豆像狗一样跟在老谭后面。城市里有一种嗡嗡声，如同一个大蜂箱。

老谭突然觉得这个城市很陌生，街上匆匆走着陌生的人，空气中弥漫着陌生的气息，从地下——也许是另一个世界——吹上来陌生的风。

我是不是做得太过分了？他想，连个招呼也不打，就将黑豆领回家，合适吗？

可是，已经没有退路了，他不能把黑豆再送回坡头村交给矮子。"这事与你有关，你不能袖手不管……"他头脑中又响起了这可恶的声音。谁让我摊上了呢，湿手沾干面，甩不掉了。

他和黑豆进门后，女儿和女婿一下子没反应过来，还以为跟在他身后的黑豆是谁家的孩子走错了门。他介绍说："这是黑豆。"

他们一脸愕然，不知道黑豆是谁。

他又说："就是姚雪娥的儿子。"

他们还是不明白："姚雪娥？"

"我五年前办的那个案子还记得吧？他就是那家的孩子。"

"噢——"

恍然大悟的样子，但他们脸上分明挂着一堆问号。

"待会儿我慢慢给你们说。"

他必须想好怎么说才行，不能让他们指责他犯傻，或者觉得他脑子出了毛病。他们都是有同情心的人，他们会理解他当时的心情（其实不如说冲动更准确些）。如果他们不接受黑豆，他想好了，他就带着黑豆回蛇尾去，在那儿可是他说了算。

他们看黑豆，就好像看一只从动物园中跑出来的猴子。琪琪比黑豆高出一头还多，她盯着黑豆的头，他头上的癞疮让她害怕。老谭知道一个治癞疮的偏方，就是在病人头上抹上米汤汁，让狗来舔，一遍遍地舔，要不了多久癞疮就没了，但狗就倒霉了，会变成癞皮狗。他不知道这个偏方灵验不灵验，即使灵验，他也不知道狗会不会舔癞疮。看来还是看看医生，涂点药膏吧。

小梅将琪琪拉开。写作业去，她说。她干什么？是怕琪琪与黑豆靠得太近，传染上瘟疫，还是怕黑豆身上的虱子爬到琪琪身上？他真想说，他下午刚洗过澡，衣服也是新换的。但他没说，毕竟小梅也没做错什么。小梅从上到下打量着黑豆，不但看到了他头上的癞疮，也看到了他手上的冻疮。她既嫌恶又怜悯。她让黑豆坐到沙发上，问黑豆几岁了，黑豆不说话，表情木然，仿佛没听见似的。她疑惑地看着老谭。

"他不爱说话。"老谭说。

突然把这样一个侏儒弄进家里，你还能指望他们列队欢迎吗？他不应该对任何人的态度不满。郑志雄一副大度的样子，他没什么话可说。女儿假模假样地对黑豆嘘寒问暖，这是做给他看的，不管怎么说，还是给他面子的。琪琪，一个八岁的孩子，没有把黑豆推出门外就算表现不错了。既然如此，他心中为什么还像塞着一个气囊？他是在生自己的气。自己做了不靠谱的事，能怪谁呢。

安排黑豆睡下后，老谭才将黑豆的故事讲给女儿女婿听。终究要面对现实，或者说要面对尴尬，这是跳不过去的。毕竟这是女儿的家，他不能——他没找到合适的词——为所欲为。女儿女婿听完故事，终于明白所要面对的问题了，那就是：他要把黑豆留下。他已经说了，他不能（是不能，而不是不想）把黑豆送回去。

一阵难耐的沉默，每个人都在想心事。

老谭已经做了最坏的打算，那就是领着黑豆离开这个家，租一个小房子住下来，节俭一点儿，他的退休金完全能够应付两个人的开销。他想过带黑豆回蛇尾，那是他的地盘，他如鱼得水。但再一想，若带着黑豆回蛇尾，他会被人们当作笑柄的。他对自己说，要做到心平气和，无论他们说什么，都不要生气，都接受。他没权要求他们如何如何。然而，他们并没责怪他，只是沉默。这沉默却比责怪更令他难受。

女儿说多一个人并不是吃穿和花钱的问题，而是要对他负责，让他上学，每天接送，辅导作业，另外还有户口问题、学区问题，要为他的前途考虑，等等。这不是一天半天、月儿四十，也不是一年半载，而是……一辈子。

女婿考虑的是另外的问题，他怀疑黑豆的智力也像身体一样没能正常发育，再就是他会不会说话，有没有心理缺陷。

女儿摆的是事实，无须回答。女婿的问题却把他难住了，他老老实实地承认，他不知道黑豆傻不傻，也不知道他还会不会说话，更不知道他有没有心理缺陷。再者，如果黑豆以后还不长高怎么办？他也不知道。这些问题让他更加意识到自己行为的鲁莽，想想看，家里有个小侏儒，邻居们会怎么看他们。

他们都很同情黑豆，但……用他们的话说，是没有心理准备。他们决定不着急，再想想办法。

但愿他能有更好的办法。

5

起风了，风像狼一样嗥叫。

躺在床上，似睡非睡中，老谭想，我是不是做了一个梦，白天的一切其实是一场梦？伸伸腿，碰到黑豆，他知道一切都是真实的，就像身下的床铺一样真实。黑豆紧紧贴着墙壁，给他留下了足够大的地方。他睡着了吗？这个不说话的孩子，我该拿他怎么办呢？

这就是逞能的结果，他想，活该你受罪。但他马上就对"逞能"这个词不认同了，我没有逞能，我真的不是要逞能，我是没有办法。一切像是早都注定了似的，他只是"偶然"撞上而已。如果他昨天没有在电视上"偶然"看到黑豆，就不会有今天的麻烦。再往前推，如果五年前他没有"偶然"破案，就不会有后边这些事。他清楚地记得五年前那天，他是去坡头村安排迎接计划生育检查的——

计划生育是国策，一有风吹草动，各个部门都要雷厉风行下去督促，派出所也不例外。听说有个检查组在邻县检查，到不到这个县，谁也不知道。即使到这个县，查住蛇尾乡的可能性也只有十八分之一（全县共十八个乡）。即使到蛇尾乡，那么多村，查住坡头村的可能性就更小了。但是，不怕一万，就怕万一。万一查住怎么办？这项工作可出不得纰漏，要是出了纰漏，不但丢人，还有可能让书记乡长丢乌纱帽，岂敢马虎。他在坡头村待了大半天，警报解除：检查组不来了。

他正打算回乡里，突然想起胡老大就是这个村的。胡老大在蛇尾街上卖肉，他有一天割了肉，却发现没带钱（这又是一个"偶然"），欠下他两块钱。从那以后，就再没见胡老大出摊儿，搞得他一直还不了钱。也许胡老大不干这行了，他想。今天，借这个机会，就到他家里亲手还给他吧。他可不想一直欠着别人。

不远，他家，杨支书说。

杨支书带他去。计划生育不检查了,他们一身轻松。山里人说"不远",那只是他们的概念,你并不知道有多远。尽管他有思想准备,还是走了好大一会儿,翻过两道坡,才看见一个孤零零的小院子。到了,杨支书说。

院里一个人也没有。但你能感觉得到空气在抖动,暗处有眼睛在看着你。

有人吗?杨支书喊。

他的声音很大,吓得一只母鸡叫着跑出了院子,墙角一头小猪站了起来,愣头愣脑地张望着。没有人应声。

我知道屋里有人,出来吧!

还是没人应声。

这是派出所的谭所长!

虽然还没人应声,但是屋里传出了一些响动。一会儿,门开了,一个二十多岁的女人站在门口。她虽然说不上漂亮,但也有几分姿色,在山里属于比较打眼的。她在发抖。

这是胡老大的媳妇。杨支书说。

胡老大四五十岁了,媳妇这么年轻,还……真应了那句俗语,叫好汉无好妻,赖汉娶个娇滴滴。

她看着他。两个小家伙从她身后冒了出来,倚靠着门框,也睁大眼睛好奇地看着他,好像他是外星人似的。

她在发抖。可能是我这身老虎皮吓着她了,他想。

"胡老大呢?"杨支书问道。

这个女人脸色苍白,仿佛皮下的血液被功率很大的泵瞬间抽得一丝不剩了。静得可怕,空气像水泥一样凝固起来了。

"胡老大呢?"杨支书又问。

这个女人抬起下巴朝他们身后指了一下。

他们回头看,背后并没有人。他们疑惑地看着她,她又抬了一下下巴。杨支书觉得这个女人在和他开玩笑,有些生气,声音突然提高了很多。

"在哪儿?"他的声音像一块冰冷的铁。

那个女人从他们身边走过去,在他们身后停下来,指了指院门左侧的一堆石头。一时间他们都没明白过来,不知道她什么意思。她男人怎么会藏在石头堆里呢?

"你疯啦?"杨支书吼道。

那个女人低着头,不说话,很奇怪,她的身子突然停止了抖动。

他看着那堆石头,突然明白了她的意思。

"人是我杀的,我偿命。"她说。说罢,她的脸上浮现出不易觉察的解脱了的轻松表情。那是深秋季节,落叶飘零。

他无意间又瞥到两个孩子,其中一个就是黑豆,另一个是他姐姐。黑豆四岁,他姐姐七岁。他们倚门框站着,像两个受惊的小兽。他们看着他和杨支书,那目光令人难忘,但很难说清楚那目光中包含着什么。有些事情小孩是不应该看到的，他在想。

"回去！"她的声音不高，但很严厉。

两个小孩不敢违抗，缩回到门里头。

那是他第一次见到黑豆，没有特别深刻的印象。一个普普通通的山里小孩，看上去穷兮兮的，但结实健康。他没想到几年后这个孩子变成了小侏儒，而且会和他睡到一张床上……

他很疲惫，可是想入睡却很难。即使睡着了，也不能睡得很死，处于半梦半醒状态。可恶的风在窗外捣乱，一刻也不安生。迷迷糊糊中，他感到黑豆从床上爬了起来。黑豆大概是要小便吧，他想。睡觉前他告诉过黑豆灯的开关位置和厕所位置，他能自己找到吗？他想到要帮他一把，可是浑身沉困，身上像压着大石头一般，无法动弹。让他锻炼一下吧，他想，他得学会自己照顾自己。黑豆在房间里摸索，像影子一样没有声音。有那么一会儿，他担心黑豆会像影子一样消失，随风飘走，或者融入黑暗之中。他听不到黑豆呼吸的声音，听不到黑豆的脚步声，也听不到黑豆摸索的声音。他在哪里？

老谭打开灯，眼前的景象让他惊呆了。一把明晃晃的水果刀就在他的眼前，离他的眼睛只有几寸的距离。寒光闪闪，近在咫尺。黑豆举着刀，要向他脸上扎来……

6

黑豆举刀的手僵在老谭的头顶。他被定在那儿，一动不动，仿佛被施了定身术。时间凝固了。

老谭从他手中拿过水果刀，不是夺，不是接，是拿，仿佛他的手是个放水果刀的地方。黑豆像个小木桩，木呆呆地站在那儿。

"你想杀我?"

…………

"为什么?"

…………

"你是哑巴?"

…………

面对一个不说话的人，老谭无计可施。

窗外寒风呼啸，像女人的号哭。黑豆穿着秋衣秋裤，赤脚站在地上，冻得瑟瑟发抖。

一个小小的人，不足一米高，竟然要杀人，这还得了! 老谭想。他披上衣服，坐起来，从床头柜里摸出酒来，喝了一口。他的心洼凉洼凉，需要暖一暖。

他……就让他站那儿吧，他既然冻死都不会吭一声，那就叫他冻着好了。

这个夜晚也许是所有夜晚中最冷的一个夜晚，寒风在窗外咆哮、呜咽、翻滚，冲撞着墙壁，拍打着门窗，吹着呼哨，甩着鞭子，肆意闹腾。风声听起来就让人起鸡皮疙瘩。老谭终是于心不忍，"上床吧。"他说。黑豆站着不动。"那你冻死好了！"他恶狠狠地说。一个小人儿，看你能撑多久。就这样，他们一个床上一个床下僵持着。然而，几分钟后老谭撑不住了，他跳下来将黑豆抱上床塞进了被窝里。

剩下的时间都别想睡觉了，老谭时不时地喝口酒，为自己压惊，不管怎么说，也算是大难不死吧。他想，他要是死在这个小人儿手下，人们不但不会同情他，反而只会笑话他——看看，他都干了些什么，就他高尚，活该他丧命。他碰一下黑豆，黑豆像块石头，硬邦邦的。他感到就是理解一块石头也比理解黑豆要容易些，这个小人儿，他心里在想什么？

他会不会在想他母亲呢？

黑豆的母亲，姚雪娥，这个不幸的女人，也是很值得同情的。她杀人的动机很简单：忍受不了丈夫的家庭暴力。

审讯时，老谭问她为什么要杀胡老大，她说胡老大打她，往死里打。

"他为什么要打你？"

"他总疑神疑鬼。"

"他怀疑什么？"

"他怀疑我是破鞋。"

"他为什么怀疑？"

"你问他去。"

她说胡老大总是变着法儿折磨她，胡老大有劲儿，他的手像铁钳一般，能把她的骨头捏碎，能把她的魂灵捏出窍。胡老大曾用猪尾巴抽打她的下体，打得她那儿肿得像馒头一样高，她好多天小解都困难。胡老大还曾想把啤酒瓶塞进她身体里，但没能如愿。胡老大有一次把她给掐死了，可是过了一会儿她又活过来了……还有很多，她羞于说出口。

农村经常挨打的女人有一些，但像她这样遭到如此虐待的还很罕见。

"你们枪毙我好了，我不想活了。"她说，"活着还不如死。"

……………

"一命抵一命，我给他偿命。"她说。

她很配合调查，用法律术语说，叫"对犯罪事实供认不讳"。

"你就不为孩子想想？"

老谭的这问话触到了她心中最柔软的地方，她的眼泪唰地落了下来，像两眼小泉。她狠命地咬着嘴唇，把嘴唇咬出了血。尽管如此，她还是没能忍住，号啕大哭起来……

老谭永远忘不了她号啕大哭的样子，她好像要通过这种方式将所有的不幸、所有的绝望一股脑儿倾泻出来，甚至将所有的内脏也都倾泻出来。哭得撕心裂肺，哭得天昏地暗，哭得人心里像猫抓一样难受。

在这个夜晚，老谭又听到了她的哭声，就在窗外，那么真切。他知道这是不可能的，绝对不可能。再仔细听听，原来是风，冬天的风有时候听上去像女人的哭声。

7

天亮时，风弱了许多，但飘起了雪花。很快，整个世界都白了。

老谭本不想将夜里发生的事说出来，他觉得丢人，都是你自找的，可是，转念一想，他不能对女儿女婿隐瞒这件事，毕竟他住在他们家里，他们有权利知道。再者，他不打算在黑豆身上冒险了，那个租房子带黑豆一起生活的念头他也丢开了。他不敢和黑豆单独在一起生活，他怕某一天他的死成为人们的笑谈。

老谭把夜里发生的事说了之后，女儿女婿都很震惊。在他们眼皮底下差点儿发生了血案，想想都后怕。但震惊之余，他们反而有些兴奋，尽管他们竭力掩饰，老谭还是看出来了。他们夜里肯定没少讨论黑豆的问题，一方面，他们不会赶黑豆走，因为要顾及老谭的感受；另一方面，他们对家里多口人又很不习惯。对他们来说，黑豆是个难题。现在问题变得简单了：黑豆不能待在这个家里！

老谭不可能睁着眼睛睡觉，再说了，女儿女婿也不会放心他和黑豆睡在一起。又没有多余的房间和床，怎么安置黑豆？这些都是明摆着的，大家心里明镜似的。女儿女婿不愿说出赶黑豆走的话，他们了解老谭的性格，他要是拗起来，十头牛也拉不回。他们等着老谭自己提出来。

老谭想过把黑豆送走的事情，但问题是：送哪里？送给谁？送回矮子身边，让矮子继续虐待他吗？那岂不是让杨支书和安东笑话。别的……不能把他扔到大街上，连这种念头都不该有。也不能把他交给警察，老谭当了一辈子警察，知道警察会怎样处理。也不能送到民政局，民政局会怪他多管闲事。那么，送孤儿院吧，可他没听说南阳有孤儿院。这件事把他给难住了，他要好好想想。

他没把他的心思都告诉女儿女婿，让他们去猜吧。

女儿女婿匆匆吃了饭就上班去了，下雪，路不好走，他们要早点出门。他们相信那么一个小人儿，老谭完全能够搞定。但他们也没忘记提醒老谭提高警惕，别阴沟里翻船，毁了一世英名。另外，他们顺路把琪琪送到学校，让老谭和黑豆在家待着。

老谭知道，他们把黑豆的问题摞给了他。

黑豆还在睡觉，他起来时没叫他。黑豆大概和他一样，后半夜没睡着吧，天明时扛不住了，沉沉睡去。让他多睡会儿吧，小孩儿觉多。

天无绝人之路。老谭正在屋里发愁，有人敲门了。他从猫眼中看到一个雪人，看来雪下得很大。那人取下帽子，拍打着身上的雪花。是个女的，中等身材，一头瀑布似的长发，看上去很面熟，但想不起来在哪儿见过。他打开门，问她找谁，她说就找他，老谭。

她跺脚时，老谭从她高筒皮靴上的雪迹判断，雪有好几厘米厚了。

"好大的雪！"她说。

她看上去很兴奋，眼睛明亮，熠熠放光，整个面孔都被那柔和的光所照亮，显得特别美丽。

"你是——"

"我是南阳电视台记者，我叫叶子。"

想起来了，她就是采访黑豆的记者，前天在电视上看到过。老谭总觉得电视上的人都距自己很遥远，没想到真人出现在了面前。毫无疑问，她是为黑豆而来的。嗅觉可真灵敏啊，他心中感叹一声。

黑豆已经起来，并吃过早饭，就坐在沙发上。一开始叶子没认出黑豆。也难怪，她采访时黑豆就像一堆扔在墙角的破布，和垃圾没什么两样；现在洗干净了脸，也穿上了新衣服，变成了一个小小的儿童。"我说，黑豆你不认识了？"

她审视了一会儿，"哦"了一声："没错，就是黑豆！想不到变化这么大，我都认不出来了。"

"嗨——"她和黑豆打招呼，"不认识我了？"

黑豆木着脸，没有任何反应。

"你知道的，他不会说话。"老谭说。

叶子笑笑说："没关系。"

"这事——"老谭指的是他将黑豆带回来这件事，"你是咋知道的？"

"安东说的。"叶子说，"也许可以做个后续节目，我本能地觉得这里面有可挖掘的东西，这是一种感觉，也不知对不对，所以找您聊聊……"

老谭本意是要拒绝采访的，他可不想让全世界都知道他干了一件傻事，但在和叶子聊天的过程中，他忍不住就将夜里发生的事给说了出来。当然不是当着黑豆的面说的，他已将黑豆打发到他的房间里了。不说他会憋得慌，说了之后他感到一身轻松。再者，他实在是没招儿了，他想让叶子帮他出出主意。

黑豆要刺杀老谭，让叶子大为吃惊。她连说，想不到，想不到。她的声音里突然有一种职业的兴奋："这是一个现代版的《农夫与蛇》的故事，制成节目肯定会引发讨论的。"

老谭才不关心什么节目不节目、讨论不讨论的事，他想的是黑豆的问题如何解决。如果黑豆的问题不解决，他不会上节目。

雪花在窗外飞舞，那样轻盈，一阵回旋的气流能将它们重新带到天上。有那么一会儿，他们都在看雪，老谭知道他会记住这一场雪，叶子大概也会记住这一场雪吧。

"这天儿，蛇会冻僵的。"她说，"你看他是一条蛇吗？"

"谁？"

"黑豆。"

"我没说他是一条蛇，是你说的。"

"我有一个直觉，不知道对不对？"

"你说——"

"你认为他正常吗？我是说他昨天夜里做的事。"

这还用问，老谭摇摇头。

"他为什么要杀你？"

"我不知道，我想过这个问题，可没想出个所以然来。"老谭又摇头。

"应该问问他。"

他们没办法让黑豆开口，就把黑豆带到专家那儿。叶子认识中心医院的孙大夫，他是本市数一数二的心理咨询医师，他有一双驯兽师般的眼睛，也许他能让黑豆开口，不过老谭和叶子并没抱太大希望。

8

雪下得很大，地上已铺了厚厚的一层，到处都是白的。

老谭和叶子带着黑豆来到中心医院，将黑豆交给孙大夫。

老谭和叶子待在走廊里，他们在走廊尽头看雪。雪将柔和的白光映进来，照在人身上，让人看上去明亮许多。

说实话，老谭并不觉得心理分析能管用，你有再大能耐，给你个木桩，你能让他开口？但是，试试也无妨，不能辜负了叶子的一片好心。

叶子对黑豆母亲的案子很感兴趣，遇到老谭，自然要多打听一些。老谭说："那个案子完全是撞上的，当时去坡头村督促计划生育工作，我想起欠胡老大两块钱，就去他家还钱。胡老大是个杀猪的，在街上支个案子卖肉，有一天我割了肉，一掏口袋没钱，就先欠着。这一欠，就再没见过他。那天到坡头村，我想起这两块钱，就让支书领我到胡老大家。胡老大的女人叫姚雪娥，一看警察——我穿着警服——找上门来了，吓得直哆嗦，以为事情败露了，就主动招供，说她将胡老大杀了，埋在院墙边，上边堆了一大堆石头。"

"如果她不招？"

"我也想过这个问题，她家是独门独户，住在半山坡上，她要说胡老大出门打工了，谁也不会怀疑。那样，就不好说了。"

"她为什么要杀胡老大？"

"这得从根儿上说。她十五岁换亲换到胡家，嫁给胡老大。胡老大比她大二十岁，对她很不好，总是打她，虐待她，下手很重。你想想，胡老大是个杀猪的，力气会小了？她也是实在忍受不了了才……"

"黑豆他二叔？"

"他也是自己跳出来的，本来姚雪娥把所有的罪责都揽到自己身上了，说人是她杀的，她愿意偿命，没想到胡老二跑到派出所说我们抓错人了，胡老大是他杀的，他要我们放了他嫂子。"

"他为什么要杀胡老大？"

"也是因为胡老大打老婆，他看不惯，所以就把他哥给杀了。两个人说的情节都与案情吻合，用的都是杀猪刀，扎的部位都是胸膛，杀人后都是把尸体埋在院墙边……"

"一起干的？"

"你猜对了，他们就是一起干的。他们都想为对方开脱，结果谁也没开脱了，胡老二被枪毙了，姚雪娥被判了死缓。"

"他们是不是相爱？"

"如果你见过胡家二兄弟和姚雪娥，你就会明白，姚雪娥和胡老二才应该是一对。胡老大五大三粗，腰像门板一样宽；胡老二像杨树一样端溜，算得上标致小伙儿。其实也不是小伙儿了，他那时候已经三十岁了。他们不像是一母所生。他们肯定是相爱的，姚雪娥嫁过去十年了，胡老二一直没结婚，他自己说是因为家里穷，娶不起媳妇，我想真正原因可能是他爱上了他嫂子……"

"没问他？"

"问过了，一涉及这个话题，他就低着头不说话……"

重新回顾这个案件，老谭忽然发现胡老二和姚雪娥是那么相爱，完全配得上至死不渝这个词，而当初他并没在意这一点，他在意的只是事实真相。

叶子感叹道："唉，两个相爱的人！"

孙大夫的门虚掩着，老谭和叶子到门口看看进展如何。已经两个小时过去了。基本上只是孙大夫一个人在说，他的声音不高，但很有穿透力。他颇有耐心。这也许是由他的职业决定的，即使对着墙壁他也能不歇气地说上两个时辰吧。他们打算离开的时候，孙大夫的声音消失了，就像水渗入了沙中一样。屋里静悄悄的。接着，又是孙大夫的声音，更有穿透力的声音："你为什么想要杀谭警官？"

没有声音，寂静。

老谭的心提到了嗓子眼，他不让它跳动，它跳起来会发出打鼓一样的声音，妨碍他倾听。孙大夫用他驯兽师般的目光注视着黑豆，他要用那如刀的目光剖开他心上的冰。随后，虚无中传来一个陌生的声音："他是仇人，他毁了我的家！"

老谭的心哆嗦一下，又开始跳动，但跳得很不规律。他脸色难看，叶子用目光安慰他，他摇摇头。

"他是个小孩，他还不懂事。"叶子说。

老谭又摇摇头。

仇人，这个词虽然像刀子一样，但老谭并不感到十分意外。按黑豆的逻辑，是老谭将他的母亲和二叔绳之以法，让他没了家，老谭自然是仇人，所以他向老谭举起了刀。真正让老谭感到意外的是，黑豆竟然说话了。黑豆在他面前一句话也不说，而在孙大夫面前却说话了。这说明什么？说明黑豆拒斥他！黑豆不光拒斥他，还拒斥整个世界，他五年间一句话也不说，就是在拒斥一切。

黑豆总共就对孙大夫说了那一句话。之后，他又闭上嘴，恢复了他那一贯的木呆呆的神情。他重新把自己变回了哑巴。

孙大夫指指自己的脑袋，说："这孩子这儿受过刺激，他心里有一个黑暗的深渊。"

这是他单独对老谭说的，此时叶子和黑豆待在外边。

"我明白。"老谭说。他心想，这不是废话嘛，没受过刺激，他能变成哑巴？

"他需要爱。"

"我明白。"

…………

老谭看出孙大夫也没有更多的招儿，就告辞了。大夫不是神，不能解决所有问题，这是孙大夫说的，一点儿没错。但孙大夫让黑豆说出了一句话，这个能耐就不小。老谭还是佩服孙大夫的，有两下子。孙大夫说心理咨询需要很长时间，不是一天两天就能解决问题的。另外，即使花费足够的时间，也不一定都能奏效。这项工作就这样。老谭也不奢望孙大夫能解决黑豆的问题，他想，不会有第二次了。

既然到了医院，老谭就顺便给黑豆买了冻疮膏和癞疮膏，就算出于革命人道主义吧，他的手和头实在让人看不下去。

出了医院，雪还没停，到处都白茫茫的。街上车碾过的雪黑乎乎的，很脏。人行道上有行人踩出的脚印，很白，很干净。他们顺着人行道往前走，老谭牵着黑豆的手，怕他摔跟头。

拿黑豆怎么办呢？

老谭仍然面临着这个问题，叶子帮不了他，孙大夫更帮不了他。

和叶子分别时，叶子说她对再做个节目很有信心，但这不是老谭所关心的，老谭不置可否。他们没说下步怎么办，只说再联系。显然，黑豆的问题还得老谭自己扛着。

雪还在下，没完没了。

9

老谭继续让黑豆住在家里。除了他，其他人都和黑豆保持着距离，尤其是琪琪，她很害怕他，总是离他远远的，大概她也知道他要杀她姥爷吧。他是没办法，黑豆是他带回来的，他不能扔下不管。

晚上，他还让黑豆上床睡觉，只是将水果刀藏了起来。白天，他带着黑豆，黑豆像是他的尾巴。他送琪琪上学，带着黑豆。买菜，带着黑豆。下棋，也带着黑豆。老谭对他的棋友说，黑豆是他乡下亲戚的孩子。

黑豆和老谭还是不说话，老谭逼他也没用。

吃饭时，老谭问他："饿不饿？"

他不说话，也没有任何动作，比如摇头或点头之类。

"不说不让你吃饭。我再问一遍：饿不饿？"

黑豆还是没有任何反应。

"看来是不饿，那就不用吃饭了。"

一家人吃饭，黑豆独自在那儿站着，看他们吃。

"吃不吃？"老谭又问。

他还是没反应。

"你厉害，我服了你，坐下吃吧。"

过了两天，琪琪不那么怕黑豆了，她送给了他一盒用旧的彩笔。她问黑豆喜欢吗？黑豆点了一下头。别看点头这个小动作，黑豆也是才学会的。由于长时间将自己封闭在狭小的躯壳中，他完全习惯于木然，不会和人交流。

　　在叶子的帮助下，电视台为黑豆联系了一个去处——太阳村。

　　这天晚上，小梅送黑豆一个围脖，郑志雄送黑豆一个帽子。他们对黑豆表现出了过分的热情。

　　第二天一大早，叶子和摄影师登门。他们要全程摄像，这是老谭和电视台达成的协议。电视台出一辆商务车，送他们去北京，一切费用由电视台负担，作为条件，则是允许电视台全程摄像。于是，他们起床，洗漱，吃饭，家长里短，全被拍了下来。

　　从南阳到北京全是高速，一千公里只用了十个小时，这还包括了吃一顿饭的时间。

　　太阳村并不是一个真正的村子，而是由一些彩色小屋组成的一个小小的部落，坐落在北京市顺义区赵全营镇板桥村小学的后边。

　　由于提前联系过，加之有记者跟随采访，他们在太阳村受到了热情的接待。一切都很顺利，黑豆住进了"瑞典小屋"。这个小屋是一位瑞典老太太捐建的。

10

太阳村是退休警察张淑琴创办的慈善机构，专门收养父母被判刑的孤儿。

张淑琴是一位朴素和蔼的老太太，看到她，你很难将面前这位头发花白的老人与她退休前的警衔——一级警督——联系起来。但仔细观察，你仍会从她干练果断的处事风格上看到警察职业留下的痕迹。她并不觉得自己做的事有多了不起，她说只是为这些孩子做点事而已，没什么大不了。她反复强调"孩子是无辜的"，这几乎成了她的口头禅。

分别时刻到了。

张淑琴拉着黑豆送老谭他们出来，黑豆自始至终没有一句话。张淑琴让他和老谭告别，他也没有反应，就像是一根木桩。没有催人泪下的分别场面，也没有热情洋溢的话语，一切都平平淡淡，就像一个平常的周一，家长将孩子送进幼儿园一样。再者，这个地方也不像其名字那样光芒四射，而是又小又简陋，还有些冷清。

不要说记者了，就连老谭都觉得分别的场面过于平淡了。他心中突然涌起一股莫名的惆怅。他应该感到轻松，可他感到的却是惆怅。

"黑豆有这样一个归宿挺好的。"叶子说。

老谭看着窗外，沉浸在自己的惆怅情绪中。

"你应该高兴才对。"

"可是……"

老谭突然不知道说什么好，他心中一团乱麻，理不出个头绪来。他有些放心不下黑豆，好像黑豆是他的一个亲人，让他牵挂。

夜里，在北京的如家快捷酒店，老谭翻来覆去，怎么也睡不着，他想，这可能和到一个新地方有关吧。

他坐在床上，无所事事。当一个人独自面对黑暗的时候，时间是个非常恼人的问题，它会像一面镜子一样映照出你的空虚和迷惘。退休之后，他如同失重了一般，感到生活轻飘飘的，整个人也轻飘飘的。"我的身体很好，糖尿病不算什么，可我却退休了，'安度晚年'了。黑豆，就像一块石头绑到我身上，我又感到了生活的重量。现在，我的生活又变轻了……"

上午，他们正要离开北京，突然接到太阳村打来的电话：

"黑豆失踪了——"

他们又匆匆赶往太阳村。冬天灰暗的风在窗外呼呼地吹，带着干燥的尘埃气息。天空压得很低，远处已经压到大地上了。

老谭往太阳村打电话，没人接，可能都出去寻找黑豆了。停一会儿，他重拨，响了几次铃之后，一个小孩拿起了话筒。

"找到黑豆了吗?"

"没有。"

"还在找?"

"嗯,警察也来了。"

"警察呢?"

"去找黑豆了。"

…………

他那么小,没见过世面,又像木头一样呆,还没有钱,他能跑到哪儿呢?天这么冷,但愿……

他们赶到太阳村的时候,警察、老师和学生都在外边,他们呈圆弧形状散开,围出一个空场。在空场中央,黑豆像条小疯狗一样跑着跳着叫着……

老谭的第一感:黑豆找到了。

第二感:他疯了。

第三感:他说话了。

尽管黑豆在中心医院说过话,可在那前后,老谭都没听到他说过一句话。他顽固地把话语封闭在自己的喉咙里。他脸上也有表情了,而不再是那一成不变的麻木和呆傻。

"黑豆——"

老谭叫了一声,朝他走过去。

黑豆奇迹般地安静了下来,站在那儿,怯生生地看着老谭。

老谭抓住他冰凉的小手，带他回到"瑞典小屋"。

11

张淑琴希望老谭留下，她说黑豆离不开他。这个小家伙，老谭想，怎么又黏上我了？他第一次感到黑豆对他有一种强烈的依恋，但他并没想要留下陪黑豆。你考虑考虑，张淑琴说。

老谭点点头，出于礼貌，他没有马上拒绝。

张淑琴又说："你可以留这儿帮我，不过没多少钱，差不多算义务的。"

"我能干什么？"

"买菜，烧锅炉，看门，等等。"

就这样的条件，老谭居然答应了，连他自己都感到吃惊。我是不是又发疯了？不，我是自愿的，心甘情愿留下，陪着黑豆，将他从梦魇中拯救出来。

告别叶子时，他请求叶子不要播出这个节目，他怕人们说他又在犯傻。"我不想做个傻瓜。"他说，"可我就是个傻瓜……算了，随便你们，傻瓜就傻瓜吧。"

晚上老谭和黑豆睡在一起。老谭不怕黑豆再刺杀他，他从黑豆的眼睛中看出，黑豆不会这样干了。

黑豆能说话了，虽然说得不利索，但连猜带蒙，基本能懂他的意思。黑豆说他闭上眼总是看到血，到处都是血，往他身边流，要将他淹没，他怕……

"不怕，有我呢。"老谭说，"我是警察。"

老谭照顾黑豆吃喝拉撒，教他每天洗脸刷牙，上床前洗脚；也教他和别的孩子在一起玩耍。这儿是个大家庭，不缺玩伴，黑豆渐渐有了些改变。

"瑞典小屋"里还住着三个男孩，一个叫灰灰，一个叫瘦虫，一个叫麻雀，他们很快就和老谭混熟了，对老谭什么也不隐瞒。老谭虽然对他们的故事感兴趣，但他从不去揭他们的伤疤，除非他们要说给他听。

灰灰说："有一天，我们正在吃饭，是晚上，天已经黑了，我爹从外边回来把我妈叫出去，我妈就再没回来，我爹说我妈去姥姥家了，后来人们在一个枯井里发现了我妈，我妈已经变样儿，认不出来了……我记得我妈那天穿的衣服，我知道那是我妈……是我爹杀的，他又有了女人，不要我妈了……我爹被枪毙了。我和妹妹——我有个妹妹也在这里——我们没人要，肚子饿了就去偷吃的，有时也偷别的去卖钱，没钱不行，病了咋办？人们都见不得我们，把我们赶出村子，我们就在街上流浪，再后来，张奶奶把我们接到了这里……"

他好像在说别人的故事，语气平静如常，但之后他转过脸去。

瘦虫说："……我妈不想跟我爹过了，领着我回了姥姥家，我爹就到姥姥家把我妈和我姥姥杀了。他还想杀我，我藏了起来，他没找到。其实他差一点儿就找到我了，我就藏在柴堆里，他还往柴堆上踢了踢，没踢到我。他喊我，我不敢答应，我要答应了，他就会把我杀了。他坐下来，就坐在我面前，用刀在自己脖子上割了一刀，血带着泡泡往外冒，他想用手捂住，血就从他指缝里冒出来……"

他说不下去了，身体颤抖起来。老谭将他搂在怀里安慰他："没事了，别怕，别怕。"

麻雀说："我没见过我爸爸妈妈，我是跟着奶奶长大的。奶奶很老了，腿有毛病，走不动路，后来就爬着烧火做饭，我知道她也快爬不动了，到那时候她就该死了。她常说，她不能死，她要把我养大……把我养大……有时她也说：我养不了你了，我的骨头都快朽了，阎王在叫我哩，我听到了。我刚到这里不久她就死了，死了，真的死了，我再也见不到了……"

他眼泪和鼻涕一块儿往下流，他抹了一把，把脸弄得很脏。老谭也把他搂到怀里，给他擦去眼泪，帮他擤鼻涕。

他们说的时候黑豆在听着。门外还有别的小孩也在听，突然两个小孩被别的孩子推进来，他们叫："我们也没爹没妈——"

外面传来一阵哄笑声和鸡子的叫声。院里养着几只母鸡，被小孩们给惊扰了。

12

有一天，老谭突然问了黑豆一个问题。

"黑豆，你爹被杀的时候，你在哪儿?"

"我?"

"你和你姐。"

"我和我姐钻在床下。"

"你们看到了?"

"嗯。"

"看到什么了?"

"看到我爹喝醉酒，要杀我叔……"

"你爹要杀你叔?"

"嗯。"

"你们为啥钻到床下?"

"我爹喝醉最好打我妈和我们俩，那天我妈下地了，我们怕他打我们，就钻到床下。"

"都看到了?"

"嗯。"

"你爹要杀你叔，怎么回事?"

"我爹先是骂我叔，还骂我妈……"

"平常他骂他们吗?"

"平常也骂。那天我叔不知怎么了,就不让骂……后来他们就打起来了……"

在和黑豆断断续续的交谈中,老谭感到自己变成了黑豆,和苗苗一起躲在床下,恐惧得发抖,吓得不会说话,他看到了那一幕——

胡老大喝高了,醉得不成样子,他骂胡老二是畜生,是猪,是狗。胡老二说,你才是畜生呢,你做那事畜生都做不出来。胡老大说,她也是畜生! 胡老二说,不许你糟蹋她! 胡老大说,我就糟蹋了她,她是我的,我想咋糟蹋就咋糟蹋,你管不着! 胡老二说,我就是不许你糟蹋她! 胡老大说,她是我的,我要把她杵烂捣碎轧成饼,我要把她吃了,我要把她喝了……胡老二扑上去,把胡老大扑倒在地,平常他打不过胡老大,那天胡老大喝醉了,像堵墙一样倒在地上。他骑到胡老大身上,把胡老大的脸打烂了,鼻子打流血了,他威胁胡老大:你再打我嫂子,我就宰了你! 胡老大说,你是不是睡过她? 胡老二给他脸上一拳。胡老大说,你一定睡过她了。胡老二又给他一拳,快把他眼珠子打出来了。胡老大说,你们俩都是猪,我要杀了你们。胡老二又打胡老大,打得他脸上全是血……后来,胡老二放胡老大起来,他打累了,坐地上休息。胡老大摸索着从墙缝里抽出一把杀猪刀,他眼上糊着血，看不清楚，走路跌跌撞撞。胡老大朝胡老二走去，胡老二起来夺胡老大手中的刀。胡老大不松手。他们扭打起来，打着打着胡老大摔倒了，他脚下绊了一下，刀就插进了他肚子里。胡老大腰弓起来，像个大虾。胡老大把刀拔出来，血流了一地。胡老二看着胡老大流血，说活该！胡老大站起来，拿着刀，想把胡老二杀了。胡老二踹了胡老大一脚，又把胡老大踹倒了。胡老大还想站起来，但是疼得厉害，他皱起眉头。胡老大的肠子不知什么时候掉出来了，冒着热气，他坐在那儿把肠子塞进肚子里，肠子沾上了土，很脏，他想把土捋掉，可是越捋越脏，后来胡老大就不捋了，他咽气了……姚雪娥回来看到胡老大死了，问胡老二，你把他杀了？胡老二点点头。姚雪娥问，为什么？胡老二说，我不让他再骂你再打你。姚雪娥说，要杀也该我来杀。胡老二说，我给他偿命。姚雪娥说，他死就死了，偿啥命。姚雪娥把镢头交给胡老二，咱们把他埋了吧。天黑了，他们出去在院里挖坑，一下，一下，一下，一下……他们挖了很长时间，然后他们进来把胡老大抬出去埋了。后来，黑豆和苗苗听到堆石头的声音，第二天，他们看到靠院墙那儿多了一大堆石头，石头原来不是放在那个位置，从石头缝里能看到一些新土。姚雪娥和胡老二把地上沾血的土都铲了，弄到外边。收拾完之后，姚雪娥说，出来吧。黑豆和苗苗想从床下爬出来，可是胳膊腿都麻木了，不听使唤。胡老二把他们拽出来，放到床上。姚雪娥说，你们什么也不许说，谁要说出去，就把你们舌头割了……

老谭看到了，看到了，看到了，一切，那一切。他感到恐惧和震惊，他的肌肉和骨头都感到了恐惧和震惊。冷，非常冷，身体里仿佛塞满冰块。

他睡不着。

后来睡着了，却做噩梦，梦到了血，很多很多血，血像下大雨时道路上的水一样流淌、积聚、上涨……

老谭知道这是黑豆的梦，他做着黑豆的梦。

黑豆说他刚到这儿的时候总是梦到血，一闭上眼就看到血，所以他逃走，所以他疯了般地又跳又跑，他怕……

黑豆现在不做这样的梦了，他把这个梦移植给了老谭。

13

老谭要离开这里，他对黑豆说他要去弄清一件事，一件很重要的事，否则他睡不着觉。

黑豆不放他走，堵住门，不让他离开。

他说："我还会回来。"

"那也不行。"黑豆说。

黑豆哭着求老谭不要离开，他说他会听话，让他干什么就干什么，只要老谭不离开。但他一觉醒来后，老谭还是走了。

黑豆两天没吃饭，也不说话。张淑琴打通老谭的电话，让黑豆去和老谭说话。黑豆一听老谭的声音，就"哇"地哭了起来，老谭安抚了好半天，黑豆也没止住哭。自始至终，黑豆哭得没说成话。但这次通话之后，黑豆开始吃饭了。他相信老谭还会回来。

和黑豆通话的时候，老谭已经进山了。他要去寨根。寨根在伏牛山深处，道路崎岖难走，每天只有一趟班车。老谭没坐班车，他不只是要到寨根，还要去离寨根很远的一个名叫小勺子的山村，所以他又叫上了安东。

安东开着他的捷达，带着老谭沿老鹳河旁的公路蜿蜒而上。

过了寨根，又开了十几公里，他们才来到小勺子村。他们把车停在勺子柄上，问一个放羊的老头，姚雪花家怎么走。老头给他们指了路。这条路太窄，没法开车，他们就步行上去。

村边有个小学校，他们在这儿停下来。所谓学校，其实只有三间房子。房子前一根木杆上挂着一面国旗。老谭知道，在山里，有国旗的地方就是学校。教室里有二十多个孩子，一个五十多岁的男老师正在给他们上课。这个老师又高又瘦，像根竹竿。他们还没到跟前，读书声戛然而止。

男老师出来，和他们打招呼。老谭问："班里有没有一个叫苗苗的女学生？"

"有。"

"我们想和她谈谈。"

他将苗苗叫出来。她长得有点儿像她母亲，但说不上来是哪儿像，也许是两人都有着同样无辜的眼神吧。

"你叫苗苗?"老谭问。

她点点头。

"能领我们去你家吗?"

她在前面走。

老谭和安东告别男老师，跟在她后面。男老师目送他们很远，才回教室。读书声又响起来。

她家里没有人，门锁着。她从口袋里掏出钥匙，打开门，让老谭和安东进屋。屋里非常简陋，当堂只有一张小桌和几把椅子。偏房里拴着一头牛，毫无疑问，这是一家人最重要的财产了。院里有一棵很大的柿子树，这时光秃秃的，但可以想象秋天满树红柿子的情景。坐在当堂，能看到门外坡上有几只鸡在土里刨食。

苗苗不知道该怎样招待他们，让他们坐下后，就攥着衣裳角站在门边。

"苗苗，你还认识我吗?"老谭问。

她咬着嘴唇不说话，一只脚在拨弄一个小石子。

"苗苗，你想妈妈吗?"

她还是不说话，头扭向外边，看着坡上的鸡。

"你想弟弟吗？"

她把头仰起来，看着柿子树的枝条，还是不说话。

"你知道弟弟现在在哪儿吗？"

老谭蹲到她跟前，拉住她的手，她的手在抖。她把手往回缩了缩，大概想挣脱又不敢。她的眼泪扑簌簌地往下落，砸在地上，砸出两个小坑。老谭并不是有意要把她惹哭，他只是觉得这样也许她会开口说话。从和他们见面到现在，她还一句话没说呢。

"我们可以带你去看你妈妈。"安东说。

"还可以带你去看你弟弟，他现在在北京。"老谭说。

她突然挣脱老谭的手，跑了出去。

老谭和安东面面相觑。很快门外传来号哭声。他们出去，看到她蹲在院墙外抱着自己的膝盖大哭，哭得坡上的鸡都不刨食了，站那儿往这儿张望。有几个村人远远地看着这边，并不往跟前凑。

"不哭，咱不哭了啊——"

苗苗说的和黑豆一样。孩子不会说谎。她还补充了一些细节，说她爹死的时候看见了他们，他瞪着他们，嘴张开，想说什么，但已经说不出来了。

她说那天晚上冷得很，风很大，吹得黑夜像床单一样摆来摆去，树叶都像鸟一样从树上飞走了。她和黑豆蜷缩在床上，瑟瑟发抖，一夜没合眼。她妈和她叔以为他们睡了，就又出去搬石头，他们把房子周围能找到的石头都搬到院墙边堆起来，压住她爹。她爹劲儿大，他们怕他从土里拱出来，所以压那么多石头……

一个抱小孩的女人斜刺里飞快从坡上跑下，几只鸡惊得飞起来，有的落到树枝上，有的落到房顶上。她一阵风地来到他们跟前，大口喘着气，嘴里呼出的热气快喷到他们脸上。不用说，她就是姚雪花，姚雪娥的妹妹。五年前，是她将苗苗领回来抚养的，为此没少和丈夫生气。

她咄咄逼人："你们要把她带走吗？"

安东说："我们只是想了解点情况。"

她声音很大，像呼啸而出的子弹："有啥好了解的，偿命的偿命，坐牢的坐牢，还不够吗？有啥好了解的？"

返回的路上，老谭和安东心情都很沉重，好长时间他们一言不发。老谭突然感到心里难受，颤抖着剥了一个巧克力糖塞嘴里。

"低血糖？"安东问。

老谭点点头。

"下去就吃饭。"

"没事，吃个糖就好了。"

他们到寨根时，早过了吃饭点，饭店里没什么人。他们点了两个小菜，要了两碗面。安东没什么胃口，只是动了动筷子。老谭不吃不行，勉强将一碗面吃完了。

"怎么会是这样?"安东说。

这也是老谭想说的，他们熟悉的案件，真相怎么会是这样呢?

吃过饭他们就上路了，一路上他们都在思考这个问题：怎么会是这样?

胡老二和姚雪娥供认他们合谋杀人，他们犯下故意杀人罪，为此，胡老二被判死刑，姚雪娥被判死缓，后改为无期徒刑。可事实上，整个事件没有预谋，只是突发的偶然性事件，胡老二不是故意杀人，他并没有想杀他哥哥，那是个意外。姚雪娥在胡老大死后才回来，她没参与，更没指使杀人。

原来老谭认为那是个铁案，事实清楚，证据扎实，又有口供，可以说毫无瑕疵。尽管他同情胡老二和姚雪娥，但那是职务之外的事了。

现在，见鬼，一切都不是那么回事。事实是另外的样子，是孩子眼中看到的样子，而不是他们以为的样子，也不是判决书上所写的样子。

安东将车开到河滩里停下来。老鹳河的水清凌凌的，在他们面前静静地流淌，有几只水鸟飞起来，落到上游的一个水潭里。

他们下车，站在鹅卵石上，看水上的云影，看对面的青山，看水鸟，看农民牵着一头牛在路上走……

"这件事，我很震惊。"安东说，"非常震惊，我不知道该相信什么。"

"我也一样。"

"他们怎么那么傻?"

"不是他们傻,是我傻。"老谭说。

"别自责了,我们是人,不是神仙。"

老谭知道安东是想安慰他,可这并不是安慰不安慰的问题,这是一桩错案……

14

回到南阳后,老谭给叶子打电话,要和她聊聊。他们坐到上岛咖啡厅二楼。窗外是白河橡胶坝拦起的水面,有的地方结冰了,有的地方则没有。河堤上的柳树一片叶子也没有,只剩下柔细的枝条静静地垂着。不远处,卧龙大桥上车来车往。

他们喝咖啡的时候,窗外有小小的明亮的东西飘过:下雪了!

"我们真是和雪有缘啊!"不期而至的雪让叶子兴奋,脸上放光。

"可不。"

很快雪就大了,雪花轻盈地舞着,尽情地展示着优美的舞姿。雪的白光映入窗内,给咖啡厅增添了一种梦幻般的氛围。

老谭本来不打算告诉叶子更多的情况,毕竟这只是他的事情,谁也替他分担不了，可是由于这场意想不到的雪，由于雪所营造的梦一般的氛围，他竟然向叶子倾诉起来。不但给她讲了整个案件的前前后后，讲了这几天的经历，还向她讲了他的苦恼和不安，讲了他感受到的空虚，讲了他看到的沉重……他把自己像布袋一样翻了个里朝外。

老谭为什么要向叶子倾诉？后来他想，也许他潜意识中需要一个知情者和监督者，远远地看着他，鞭策他，让他不懈怠，不退缩，不灰心。太亲近的人担当不了这样的角色。陌生人也担当不了。叶子最合适了，她对他既有同情，也有理解，再加上她的记者身份，简直就是不二人选。

他停下来时，雪还在下，纷纷扬扬，铺天盖地，而黑夜和寂静降临。

叶子出神地看着窗外，默默无言，她还没从他讲的故事中走出来。

"想什么呢?"

"我在想为什么。姚雪娥和胡老二为什么要那样做?"

"我也在想。"

她突然一拍桌子："我知道答案了。"

"是什么?"

"我先不告诉你，我要验证。"

15

通过关系，老谭查看了胡老大案件的全部卷宗，想找出一点儿破绽，可是没有。任何人看了这些证言、口供、照片、报告等，都不会对这个案件提出哪怕一点点儿异议。这是一个铁案。作为警察，他还清楚办案时没有任何程序上的违法，更没有刑讯逼供等现象。

"你们为什么要认罪呢?"

当他坐到姚雪娥面前时，他提出了这个问题。

这是在新乡女子监狱的探监室里，从来没有人来探望过她，她更没想到来探望她的人会是老谭。她看上去面色有些灰暗，可能是光线的缘故。

"我来看看你。"

"谢谢。"

"我想知道真实的情况，关于当年的案子。"

"我不想说。"

"来之前我去看了苗苗……"

"她怎么样?"她急切地问道。

"住在你妹妹家里，上五年级了，成绩不错。"

她突然咬住胳膊"呜呜呜"地哭起来，老谭看到她左手腕上扎着一个蓝色的小手绢。狱警劝她几句，她不哭了。

"黑豆呢?"

"黑豆在北京，也很好……"

老谭告诉她太阳村的情况，她默默听着，泪水婆娑。

"苗苗很想你，我答应她要带她来看你，下次吧。"

"你是个好人……"她说着又哭了起来。

"别哭……在这里还好吧?"

"和上班一样，队长对我很好。"

"你当初为什么不说实话?"

"我不想让他死，不想让他死。"她喃喃地说，"我想替他死啊。"

"你没参与杀人，为什么要承认?"

"我想两个人总比一个人判得轻些，没想到……"她又呜咽起来。

"你为啥不申诉?"

她只是哭，说不出话来了。

队长将老谭叫进她的办公室。队长说:"你能来看姚雪娥，我很高兴，这对姚雪娥改造有帮助。她自杀过两次，你看到她手腕上的手绢了吗? 那是她为了遮挡割腕留下的疤。"

"为什么自杀?"

"她牵挂她的孩子，我们曾想去看看的，可是太远……再说了，也走不开。"

老谭告诉她黑豆的情况，以及他对这个案件的新发现。她很吃惊。

"这么说她是冤枉的?"

老谭点点头。

"她为什么要这样?"

"爱情!"老谭说，"她以为这样能救胡老二。"

这就是叶子所说的答案。

爱情+法盲+愚蠢＝冤案＝悲剧＝死亡和牢狱。

这是一个奇怪的等式。这是一个真实的等式。因为爱情，他们争着招供认罪，甚至将不存在的罪行也揽到自己身上，并为此受惩罚。

爱情，在此多么沉重，多么残忍!

走出服装厂（这儿对外称服装厂，也确实是个服装厂），老谭感到心里着急，蹲在门口吃了一个巧克力糖，又吃了一个面包。他蹲了一会儿。他就是这时下的决心：我要把她"扒"出来!

门卫朝老谭走过来。

"你没事吧?"

"没事。"

"你的手在抖。"

"没事。"

"你满头汗……"

"一会儿就好了。"

"要不要叫医生，里边有医生。"

"不用。"

门卫没有走开，站在老谭身边看着他，怕他有什么意外。

十几分钟后，老谭感到好受些了，擦去额头的汗，站起来，向门卫道谢后离开了。

16

回到南阳，又赶上一场大雪。从电视上看，整个南中国飞雪连天，五十年不遇的冰雪灾害席卷了江南大地。火车停在荒野，高速公路上全是进退不得的汽车，成千上万的人被困在冰天雪地之中。之后，5 月 12 日四川汶川发生里氏八级大地震，有近七万人遇难，全民哀悼，举国救灾。再之后，北京成功地举办了一届举世瞩目的奥运会。再之后，一场席卷全球的金融危机爆发了……这不平静也不平凡的一年，人们的心都在半空中悬着，被凛冽的风吹打着，被地狱的火炙烤着，也有迷醉的时候，但很短暂。这一年，老谭不合时宜地穿梭在公安局、法院、检察院，像祥林嫂一样到处给人讲一个爱情故事，为姚雪娥申诉……所有的曲折坎坷，所有的委屈艰辛，与这一年发生的大事相比简直微不足道，不值一提。

说说结果吧。由于有许多善良正直的人帮助，姚雪娥奇迹般地获得了改判，由原来的无期徒刑改判为六年。她已服刑五年九个月零二十七天，也就是说再有两个月零三天，她就可以出来了。

17

老谭回到太阳村烧锅炉，这份工作对他很适合。太阳村里所有的孩子都喜欢他，他也喜欢他们。每天最快乐的时光是放学之后，黑豆和他待在一起的时光。黑豆总是提醒他按时吃饭，如果他出去买菜或进城，黑豆会在他口袋里装几块巧克力糖，以应付突然出现的低血糖。黑豆每天都会算一道数学题，那就是：今天距他母亲出来还有多少天？这道题黑豆从没算错过。

在黑豆身上发生的最神奇的变化是：他长高了。他进太阳村的时候九岁，可身高和四岁的孩子差不多。一年之后，他蹿了一大截儿，一下子撵上了九岁孩子的身高，也就是说，他把五年没长的个儿补回来了。

春天，黑豆常算的那道题，答案变成了个位数：9、8、7、6、5、4、3、2、1。

这天，他们早早起床，穿戴一新，出发去接黑豆的母亲出狱。老谭曾经带苗苗去看望过姚雪娥，她们母女到一起时，两个人隔着玻璃哭得说不成话，整个监狱都回荡着她们的哭声……自始至终，苗苗和她母亲没有说上一句话，她们一直在哭。老谭之所以没带黑豆去，是因为黑豆个子太矮，怕姚雪娥看到伤心。现在黑豆长高了，他可以去见他母亲了。

走在路上，黑豆说："爷爷（他早就称呼老谭爷爷了），我怕。"

"怕啥？"

"怕我妈不认识我。"

"可不，你长高了，成了一个大孩子……"

突然之间，一片乌云疾驰而来，遮蔽了他们头顶的天空，然后纷纷降落，在裸露的田野上变成一个个黑点。他们看清了，那是乌鸦。乌鸦成千上万，源源不断。褐色的田野很快就变成了黑色。谁也不知道这么多乌鸦从何而来。他们站在那儿，看着乌鸦一批批降落，惊讶得说不出话来。他们见过乌鸦，但从来没有一下子看到过这么多乌鸦，简直不可思议。他们愣在那儿，看着黑黢黢的田野，一言不发。过了一会儿，乌鸦像一匹巨大的黑色布幔，从地面拉起，向北方飘去。仿佛经历了一次日食，太阳重新放射光芒，比以前更为明亮……

老谭拉着黑豆的手，又上路了。

创作谈：良知与救赎

记者（以下简称"记"）：感谢赵大河老师做客《啄木鸟》微信访谈。《把黑豆留下》这篇小说写了两个很有意思的人物，老谭和黑豆，能说说你是如何塑造这两个人物的吗？

赵大河（以下简称"赵"）：说不上塑造，这两个人物是真实存在的，我只是看到他们，并把他们写下来罢了。老谭是一个退休警察，一个普普通通的退休警察。他的爱好是在街边与人下棋，或者看人下棋。这样的人我们都不陌生。表面上看，他闲适自由，安享晚年。其实他不太适应退休生活，但不能流露这样的情绪，流露了也不会有人理解。如果没有黑豆出现，他的生活会这样日复一日地延续下去，平静而有所不甘。黑豆闯入他的生活之后，一切全乱了。生活脱离了正常轨道，变得无法掌控。之后，他找到了人生的意义，自觉地选择自己的生活道路。这个人物没什么独特的，他不是英雄，也没想着做英雄。他是一个普通人，有良知，且能按良知行事。

黑豆是一个不说话且停止生长的小孩，他的内心是封闭的。我曾分别以老谭和黑豆两个视角来叙述故事，我发现深入黑豆的内心极其困难，那是一片黑暗的区域，几乎没有光线。在修改时，我放弃了黑豆的视角。

记：黑豆虽然不说话，但他处于这个小说的中心位置，他的命运牵着老谭的心，也牵着读者的心。这是怎么做到的？

赵：弱者容易引起同情，黑豆又是弱者中的弱者，他幼小无辜的生命承受着命运加于其身的所有不幸。想想看，一个四岁的孩子，父亲被杀，母亲被判刑，他被一个侏儒收养，饱受虐待，过着地狱般的生活，身体停止生长，拒绝开口说话，他的命运怎能不牵动人心呢？

记：小说牵涉到一桩冤案，至少说是一桩错案，但小说不是批判性的，而是给人以温暖，请问你对冤案或错案是如何看的？

赵：每一桩冤案或错案都是一个巨大的不幸。近年来颇有几桩冤案引起社会关注，比如内蒙古的呼格案等。我常想，那些冤案的制造者是否有良知，他一手制造了冤案，内心可有不安或罪孽感？答案似乎是否定的，他人的生命远没自己的私利重要。我没见一个冤案制造者向被冤枉者及其家人道歉和忏悔，更没见一个主动认罪的。这时你会觉得人心多么黑暗啊，不由得你不绝望。这些人难道不是杀人犯吗？与普通凶手相比，他们以正义和法律的名义杀人，对社会的伤害更大。我不相信冤案能够避免，但我相信如果每个执法者都有良知并遵从良知行事，冤案会大大减少。我之所以写老谭的故事，是想另辟蹊径，让读者看看，一个有良知的执法者如何自我救赎，如何获得新生。会有人恨老谭吗？我相信不会。

记：写这篇小说，你最想表达的是什么？

赵：一篇小说，写作自有缘由，至于表达的是什么，似乎不用作家解释，不同人阅读小说会有不同的理解，这都是允许的。如果非要我做一番阐释不可，我会说它写的就是老谭的一段生活，在这段生活中，他经历了复杂的心路历程，审视了自己的内心，做出了符合良知的选择，赋予了生活新的意义。

浮生一日

1

许多日子像雪一样在水中无声地融化，不留痕迹；个别日子则像船一样在时间的河流上航行，从过去驶来，愈来愈近，愈来愈清晰，比如这一天：1949 年 12 月 9 日。

早上，唐诺出门去买咖啡。在他看来，这刚刚开始的一天和往常没什么区别，天空瓦蓝，空气湿润凉爽，街上人声鼎沸，尘土飞扬。空气中弥漫着熟悉的难以言说的味道。如果将他蒙上眼，带到天上飞二十个小时，空投到这个街区，只让他吸一口空气，你问他这是哪里，他会毫不犹豫地说：孟买。他对孟买就熟悉到这种程度。他在此生活了四年三个月零十二天。他热爱这座城市。

走在街上，他一点儿没意识到，他的人生将在这一天终结，剩下的漫长岁月，他只是苟活而已。

他在街角看到一只黑猫。黑猫的皮毛油光发亮，一对琥珀色的眼睛炯炯放光。他看到黑猫的时候，黑猫正在看他，黑猫不只是看，黑猫盯着他，目光专注而审慎。

看到黑猫并没什么特别的，如果不是之后发生的事情，这一幕他早就付诸忘川了。

后来，在无数个无尽的长夜里，他一次次回忆起这天的情景，房屋、街道和人们变得越来越模糊，唯有这只黑猫越来越清晰，越来越大。有一次，他钻进黑猫的身体里，透过黑猫琥珀色的眼睛看这个去买咖啡的中国男人，突然看到了他的前世今生，以及此后几十年的可怕命运，不由自主地发出一声怪笑。

再回忆时，唐诺确定，那天黑猫看他时，诡异地笑了一下。黑猫笑时，露出一嘴闪亮的牙齿，每个牙齿都锋利无比，令人害怕。黑猫还发出一声怪叫，这叫声怎么听都不像猫叫，倒像是猫头鹰叫。是的，只有猫头鹰才这样叫，给人以不祥之感。他没理会黑猫，继续往前走，去买咖啡。他喝咖啡的习惯是跟妻子露西学的。渐渐地，他喜欢上了咖啡的醇香和苦味，咖啡成为他每日不可或缺的饮品。潜意识里，他觉得咖啡是生活品位的象征。他属于喝咖啡一族。

咖啡店离家不远，是一个精明的印度人经营的，既卖咖啡豆，也卖磨好的咖啡末，更卖现制的咖啡。他只买咖啡末，回家自己煮咖啡。因为他是常客，店主给他打八折。

店主见他，老远就打招呼：唐先生，我为您准备好了。

他买什么品种的咖啡末，多长时间买一次，一次买多少，店主都了如指掌。店主总是提前包好，等着他。不是为了节省时间，而是要让他感到对他的重视。

他朝店主笑一笑，算是打招呼。他在离咖啡店仅一步之遥的地方站住。

街上一串急促的铃铛声吸引了他的注意力。邮差骑着自行车，一边打铃，一边旋风般地冲过来。

随着一阵刺耳的刹车声，自行车在他面前停住了，车轮几乎碰到他的裤子。邮差满头大汗，浑身热气腾腾，像揭开的蒸笼。

电报，邮差说。

印度人做事总是不紧不慢，好像没有什么事能让他们着急似的。邮差也一样，一封头天到的电报，第二天能送到你手上就算万幸了。这是唐诺自己观察得出的结论。他做生意需要及时的信息，为了解决邮差拖延的问题，他请邮差喝过两次酒。第二次，邮差还喝醉了，发酒疯，弄得屋里一片狼藉，惹得妻子很不高兴。之后，一切如故。后来，他告诉邮差，凡是他的信函、电报，及时送到，他就付给可观的小费，抵得上邮差两天的薪水。此后，他成了特殊客户，他的信件电报邮差总是第一时间送达，从未耽误过。这天，如果不是邮差风一般将电报送到他手上，他的命运会是另一种样子。

他接过电报，打开一看，扭头就往家走。刚走出几步，他又拐回来付了邮差小费。咖啡顾不上买了。重要的是，他没心情买。

邮差和店主看着唐诺的背影，不明白发生了什么事。

2

2014 年 10 月，我和两位朋友到滇西采风，在腾冲参观滇西抗战博物馆。有一个展区是专门介绍抗战老兵的。志愿者为每一个健在的老兵拍照，制作简介。一个个老兵虽然早已解甲归田，进入耄耋之年，但仍能从他们的神态中依稀看到往昔的英武之气。经历过战火硝烟的人，你说不上他们有什么特别，但就是感觉和普通街头老人不一样。

陪同我们参观的是当地电视台的许女士。她参与了采访老兵的整个过程，历时数年，她对每个老兵的情况，包括居住位置、健康状况、年龄、家庭成员、参军年份、参加战役、部队番号，等等，一清二楚，如数家珍。照片中的老兵，大部分在这几年间过世了。昨天还走了一位，她说。"老兵不死，只是悄然隐去。"麦克阿瑟这句话最能表达人们对老兵的眷念。在满墙的照片中，她指着其中一幅说，他叫唐诺，少校，曾任盟军翻译官，他的故事极为传奇。

照片中，唐诺穿深色西服，满头银发，精神矍铄，看上去一点儿也不像九十岁的人。很难想象他经历过那么多磨难。他坐在公园的长椅上，膝上放着一本摊开的相册，相册中有一个女子的全身照。那是他妻子，露西，许女士说。露西穿一身蓝色套裙，站在一丛绿色植物前边，双手轻握，自然垂在身前，面容姣好，脸上笑意盈盈。

唐诺生于 1920 年，和顺人，今年九十四岁。他出狱后没有再婚，和侄孙一家一起生活。侄孙和侄孙媳妇人都很好，很孝顺，老人也算安度晚年，许女士说。

和顺离县城很近，我们决定去拜访老人。

3

唐诺神色匆匆回到家，妻子看他脸色凝重，两手空空，很是诧异。他出去买咖啡，咖啡呢？

我要回腾冲，他说。

什么时候？

今天，现在。

他将电报递给妻子。

电报很简短：母丧速归。

露西虽然没见过婆婆，但知道丈夫和他母亲感情很深。唐诺因为和自己在一起，已经有三年没回过老家了。他心中常怀愧疚。如今他母亲去世，他势在必回。她不想劝阻他。她知道劝阻也没用。只是，她非常担心，那里正在打仗。

怎么回？

想办法，他说，先到昆明，之后再想办法。

解放军正在进攻云南。

云南易守难攻，不容易打。

你昨天还说，云南守不住。

守几个月没问题。

唐诺过去亲了亲睡梦中的女儿。女儿一岁半，会走路，会叫爸爸妈妈，笑起来像鸽子叫。小天使，我的小天使，来，到爸这儿来，他常常这样叫她。他轻吻女儿的小脸蛋，不想弄醒她。女儿很黏他。在孟买谈生意，他总是带着女儿。女儿不但没影响他的生意，反而给他带来好运，每次带着女儿，生意都很顺。他的生意伙伴，差不多都认识他的小天使。他出远门不带女儿。每次出远门，他都是悄悄走的，否则，必定会惹女儿哭一场。

女儿笑了。笑容像温柔的涟漪在小天使的脸上荡漾开来。他后来无数次回忆这笑容，在回忆中女儿笑得越来越灿烂，越来越甜美，她肯定在做一个开心的梦。她梦到什么了，笑得那样美？

露西看着他，表情茫然。

她为什么这种表情？

他头脑里闪过这个问题，但他没有问，因为他在想别的。他在想什么？母亲，确切地说，他在想母亲。母亲躺在床上，已穿好老衣，冰冷，僵硬，但看上去和生前一样慈祥，像睡着一样。死人，会有知觉吗？他不确定，但他知道死人会等待，母亲等待儿子，等待与儿子做最后的诀别。

后来他相信他确实看到了母亲临终时的样子。尽管他没在母亲身边，但他确实看到了。母亲就是那样，脸上的皱纹像绽放的菊花。房屋低矮狭小，石头墙壁上爬满青苔。院中那棵榕树过于茂盛，树冠像把巨大的伞，将整个院子遮住，白天也见不到阳光。母亲说这棵树长疯了。的确，长疯了。几年不见，榕树又疯长了许多，树冠更大了，将它的领地从空中向外扩展了一圈。他始终弄不明白母亲说这棵树长疯了，是骄傲，还是怨恨，或者，既骄傲又怨恨。母亲躺在房屋正中间，大门敞开。如果睁开眼，能看到榕树树冠。可是母亲不会睁开眼了，她死了。

多年之后，他猜想，露西看着他，表情茫然，她也许——大概——从他脸上看到了未来，未知的命运张开大口，一个什么也看不到的黑洞，望一眼令人晕眩。

4

我们买了一些老人能吃的水果——蜜橘、火龙果、哈密瓜等，还有一箱牛奶，去看望唐诺老人。

司机路很熟，不用问路，七拐八拐，将我们直接拉到唐诺老人家门前。

房屋结构与中原大不相同。院门很小，且不居中。进门后，院子却大。正房有廊，两层，上下各三间。一侧厢房，两间。奇怪的是，正房的当间上下两层都是敞开的，正面既没墙，也没门，室内一览无余。正中的墙上贴着"天地君亲师"，前边一案子，侧面一对沙发，沙发后面的墙上挂着两张放大的照片，一张是唐诺的戎装照，另一张是唐诺与戴安澜师长的合影。唐诺年轻时很帅，长方脸，浓眉，大眼，鼻梁挺直，嘴唇线条分明。那时他二十多岁，具体地说，与戴安澜合影时，他二十二岁，在赴缅作战之前。戎装照是他二十三岁在印度蓝姆迦照的。

现在的唐诺，九十四岁，身高一米八，腰板笔挺，穿深色西装，满头银发，与我们在滇西抗战博物馆中看到的照片一模一样。

我们从墙上的照片开始聊起。

这是我们师长，戴安澜，他指着合影中的军官说，照相后不久，我们入缅作战，现在叫中国远征军，那时我们只说番号，我们是200师，我是上尉翻译官。

200师在同古与双倍兵力的日军血战十二天，台湾的《抗日战史》记载，200师伤亡二千五百人，歼敌五千余人。这个数字未必准确，但足见战斗之激烈。

唐诺说他是战场上最幸运的人，他的好运一直持续到 1949 年 12 月 9 日。他说，打仗时子弹都躲着我，在同古，我身边的战友都死了，我没事。有一次，一个日本鬼子冲上来，枪口对着我，我看着他扣动扳机，我想，这下完了，死定了，可是枪却没响，不知是没子弹了，还是子弹卡壳了，总之，枪没响。

那个鬼子呢？

死了。他见枪没响，也慌了，他要用枪托砸我，刚抡起来，一颗子弹打中他，他在我面前倒下。我至今还记得他的表情，他很吃惊，很痛苦，五官扭曲，好像被一只看不见的手揪着似的。

你那时——

我去救一个受伤的战友，他在前边的单兵坑里，胳膊被打断了。我刚把战友扶起，那个鬼子从地里钻出来，突然出现在我面前，鬼似的，我吓蒙了。

是你战友开的枪？

不是受伤那位，是后边的战友开的枪。

唐诺打过很多仗，但从未受过伤。血战同古，他没受伤。夺取棠吉，他没受伤。郎科突围，他没受伤。他成功地翻越野人山，回到国内。

郎科突围时，戴师长受伤了，他说。

没有药，他说。

没有药，他说。

没有药，伤口感染，他说。

没办法，他说。

如果能替他死就好了，他说。

我们看着戴师长死去，他说。

他就死在我怀里，他说。

他——，他说。

他说不下去，沉默，眼睛看着远处。

他说每句话都停顿很长时间，我们不插话，等着他。他沉默，我们陪他沉默。

5

在妻子表情茫然的注视下，唐诺走向电话机，给杰克打了一个电话。

他对杰克说，他要回昆明。必须。今天。

杰克答应帮他想办法。

他与杰克认识，源于一次飞行历险。杰克说他是陈纳德招募的飞虎队员（这一点唐诺一直存疑），后来被编入第十四航空队，飞驼峰航线。

一次唐诺从印度蓝姆伽回昆明公干，搭乘杰克的飞机。飞行途中，飞机出了故障，冒出滚滚黑烟。唐诺到前边一看，傻眼了，驾驶舱空空如也，飞机没人驾驶，处于失控状态。往窗外看，正好看到杰克的降落伞。飞行员跳伞了。唐诺清楚，飞机很快就会坠毁。也许两分钟，也许一分钟，也许三十秒，他将和飞机一道粉身碎骨。幸运之神再次眷顾了他。他看到机舱里有一个降落伞。恰恰上飞机前，在等待杰克的时候，他在基地的墙上看到跳伞的一系列图解。此时，容不得多想，他背上降落伞，奋勇跳出机舱。他成功地打开降落伞。惊魂甫定，他就看到飞机追着降落伞栽下来。被飞机砸中就完了。可往哪里躲，如何躲，他一概不知。所幸飞机的下坠速度更快，从他身边坠落，没挂住降落伞。飞机冒出的黑烟有一瞬间让他什么也看不到。然后，他看到飞机在他身下爆炸，巨大的气浪将他往空中抛去。爆炸声震耳欲聋。片刻之后，他落到一个满是岩石的山坡上，毫发无损。得救了，得救了，得救了。不，还不算得救。看看连绵的群山，看看亘古以来的贫瘠和荒芜，看看连野兽足迹也难得一见的山坡，他心凉了。许多在喜马拉雅山跳伞的飞行员不是冻死，就是饿死，还有被雪豹吃掉的。他现在就面临这样的命运。幸运之神再次眷顾了他。一个猎人被升起的黑烟所吸引，来到这里查看，发现了他。在他的央求下，猎人又找到了杰克。就这样，他和杰克成了朋友。

二战结束后，他和杰克分别退役，杰克在印度开了一家商贸公司，主要和国民党政府以及地方军阀做军火生意。起初，他借帮助政府处理战后军用物资之便，捞到第一桶金，并建立了渠道。中国内战如火如荼，他的生意风生水起。唐诺也在印度做起了生意，主要经营茶叶和丝绸，其他，什么赚钱做什么。他和杰克常有生意往来，互惠互利，皆大欢喜。

　　杰克神通广大，在印度没有他办不成的事。他很快就将电话打过来，叫唐诺做好准备，他马上过来带他去机场。恰好有一架飞机飞昆明。

　　露西帮助他收拾行李。

　　要去多久？

　　不知道。

　　他的确不知道回一趟家要多久。印度到昆明没有航班，只有不规律的商务飞机。从昆明到腾冲，还有好几百公里，没有飞机，不通火车，山路崎岖，有没有班车他也不知道。

　　解放军他倒不担心，没有两三个月打不到昆明。打到腾冲，恐怕还得几个月。

　　露西没去过腾冲，不知道那里有多远，不知道道路有多难走。

　　会打仗吗？

　　暂时还打不到那里。

6

翻越野人山的经历，唐诺用一个词形容：九死一生。这四个字他平静地说出来，有千钧之重。饥饿、疟疾、瘴疬、食人蚁、毒蛇、大山、林莽，等等，每一样都足以吞食他们，使他们永久地留在野人山。

回到国内，他们一个个形销骨立，如游魂野鬼。他们不再是一支队伍，没有指挥官，没有建制，没有食物，没有一切。没人管他们。他们成了散兵游勇。许多士兵在昆明街头游荡，吃霸王餐。有的士兵为了一口吃的，入赘当地人家。

唐诺说他运气不错，家就在腾冲，他回家了。

这个家吗？

不是，他说，这是侄孙子的家，我家在农村，院里有棵大榕树，榕树还在，房子早塌了。

唐诺说回到家，他母亲竟然没认出他来。他衣衫褴褛，头发一尺多长，胡子乱蓬蓬，走路像个中风的老人，小心翼翼地挪着步子，随时有摔倒的危险。他叫一声妈，母亲愣在那里，然后……哭了起来。

我在家过了一段幸福日子，每天母亲都变着法子给我做好吃的，我很快又像个人了。

之后，他不顾母亲挽留，到昆明找部队，正赶上运兵去蓝姆伽，他坐上飞机就去了印度。

在昆明，他碰到不少战友，他们的遭遇让他对政府很失望。

他们像丧家犬一样，他说。

没人拿他们当回事，他说。

可怜得很，他说。

到蓝姆伽就是天堂了，他说，吃得好，穿得好，从头到脚全是美式的。

墙上那张单人戎装照就是在蓝姆迦照的。那时他二十三岁。经历过数次残酷的战斗，以及噩梦般的溃退，脱尽稚气，显出与年龄不相符的坚毅和成熟。

蓝姆迦，他喃喃道。

显然蓝姆迦给他留下了十分美好的回忆。

7

一阵轰隆隆的响动，两声夸张的喇叭声从窗口传来。

杰克来了，唐诺说。

杰克开一辆美式军用敞篷吉普。他将消音管卸了，任发动机轰然作响。他更换了喇叭，新喇叭比原来的响一倍。这样，开起来地动山摇，声势吓人。在孟买拥挤的街道上，人们只要听到这辆吉普车的轰鸣，就早早为他让道。所以，即使在繁华闹市，杰克的破吉普也总能呼啸而过，畅行无阻。这家伙，就这种性格。

唐诺将头探出窗口，问杰克，上来吗？

当然，杰克说。

杰克与唐诺是性格截然相反的两类人，杰克行事夸张，唐诺做事低调；杰克玩世不恭，唐诺严谨有度；杰克寻花问柳，唐诺忠于爱情。然而这并不妨碍他们成为朋友。杰克羡慕唐诺娶了一位美丽的妻子，唐诺欣赏杰克无拘无束的性格。

杰克见面就给唐诺一拳，你这家伙就是运气好，一个星期没有飞机去昆明，你一要去，就有一架。

他看唐诺和露西神色凝重，问，怎么啦？

我妈过世了，唐诺说。

对不起。

他问露西，你去吗？

她不去，唐诺说。

不去好，打仗很危险。

唐说暂时打不到那里。

露西一直称呼丈夫为唐，从认识到现在，没有变过。

也许吧，谁知道呢，杰克说，不过，别担心，唐有上帝保佑，不会有事的。

唐诺的行李已收拾好，除了换洗衣服，还带了金条、银圆、美元，以备不时之需。

别担心，唐诺说。

我快去快回，唐诺说。

你这样，我会担心的，唐诺说。

露西勉强挤出一个笑容。

唐诺想拥抱一下妻子，当着杰克的面，没好意思。

临出门，他回头看一眼妻子，露西抱着膀子，站在门口，注视着他。她看上去好像有点冷。也许，她在暗示，她缺少一个临别拥抱。也许，她预感到了什么。

8

蓝姆迦之后的故事没有什么好讲的，用唐诺的话说是："打回来呗。"中国远征军在 1944 年 9 月 14 日解放腾冲，全歼守敌。那时，远征军无论兵力、装备都远胜日军，飞虎队（那时叫第十四航空队）又完全掌握了制空权，胜利是顺理成章的事。当时还出现了战争奇观——啦啦队。民众自发组织起来，充当啦啦队，为远征军加油。打来凤山时，人们将飞机投掷炸弹形象地称为"倒洋芋"。炸弹像一筐筐洋芋倾倒在日军阵地上。

后来，日本投降了，唐诺说。

之后，我退役了，唐诺说。

从打腾冲到日本投降，还有一年时间，中间自然有不少战事，但唐诺不愿说。

厌战吗？我问。

唐诺笑笑，不置可否。

每个经历过战争的人，对战争都会有不同的感受。唯有个体的感受是真切的。战争正是由千千万万个个体、个体的行动、个体的行为、个体的感受所组成，而不是由冰冷的双方伤亡数字所组成。每个生命都是有热度的。我们尊重个体的感受，包括他的沉默。

该换换话题了。来的路上，许女士说唐诺最传奇的是他的爱情故事，他与印度总督的女儿相恋，总督反对，二人就私奔了。私奔到了哪里？孟买。许女士说唐诺每天早上绕公园一周，然后坐在公园里看相册，发呆。这成了公园一景。

我很想看看相册，问唐诺，那本相册呢？

唐诺似乎没听到。

这时候，一个战争发烧友来访，使气氛为之一变。来人三十多岁，背一个大帆布包，胸前挂着长镜头单反相机。他叫洪雨，辽宁人，在民政局工作，转业军人。他利用公休假，自费到缅甸采风。他是从缅甸过来的，他对中国远征军和滇西抗战有浓厚兴趣。我和洪雨一见如故，后来互相留了联络方式，加了微信。

洪雨给唐诺拍照。拍过后，他恭恭敬敬给唐诺敬了一个标准的军礼。唐诺回敬了一个军礼。

唐诺敬礼时，腰板笔直，神情肃穆，体现出了一个真正军人的风采。

我们趁机与唐诺合影，手机、相机一齐上。我们特意嘱咐洪雨，回去将照片发给我们，因为他的相机高级，因为他照相更专业。

9

去机场的路上，在吉普车的轰鸣声中，唐诺头脑中全是露西的影子。

他爱上露西是因为一个眼神。

二战结束后，美国还有一批军火囤积在印度。这原是用于打日本的。日本投降，这批军火用不上了，如何处置是个问题。美国不打算再运回国内。印度总督表示无意购买，但美国又不愿白送。这批军火的最好去处当然是中国。美国正在调停国共关系，促进和平，不便明目张胆卖给国民党政府。蒋介石也清楚，为了避嫌，这事需要秘密进行。于是派廖特使以商人身份前往印度洽谈。廖特使点名要唐诺，唐诺脱下军装，成了廖特使的翻译。他们到印度与美国人接洽后，前往总督府拜会印度总督。军火在印度，不可能完全绕过总督。总督的女儿露西亲自为他们上茶。

露西胖胖的，个子不高，一脸小雀斑，算不上漂亮。起初，唐诺还以为她是总督府的用人。总督做了介绍后，他才多看了露西一眼。露西对他微微一笑。

　　那时，印度是英国殖民地，总督是英国派来的福思特勋爵。印度正在闹独立，他担心军火流入民间，对其统治造成威胁，既然中国愿意买去，他乐得做个顺水人情。

　　一切顺利。

　　临别时，总督送他们出门。唐诺感到身后有一双眼睛在看他。他回头，看到露西站在台阶上。他们的目光碰到一起，火花四溅。这于唐诺是从未有过的现象。如果不是亲身经历，唐诺不会相信目光与目光相遇，会碰撞出火花。像黑夜里衣物摩擦发出的静电，噼啪一声，刹那间消失无踪，除了当事人，其他人不会觉察到。唐诺感到心脏剧烈跳动了一下，嘭——，特别响。唐诺看看廖特使和总督，显然他们没有听到这响声。尽管如此，他还是脸发烧。

　　回到住处之后，他决定忘掉那目光。这不是我该想的女人。没有可能，没有任何可能。他们之间的距离不是中国到印度的距离，也不是中国到英国的距离，而是地球到月球的距离。奇怪的是，他越是想忘掉那目光，越是忘不掉。不但忘不掉，那目光还变得有质量有热度，像钢厂里流出的两槽钢水，咝咝冒烟，热气灼人。那目光不仅仅是在与他目光相碰撞的地方爆出火花，而是一溜儿火花，像一连串烟火，让整个天空绚烂无比。

另外一个变化：他在回忆中发现了露西的美。她的胖是美的，她的身体像蜜一样饱满诱人。她的声音像雨水渗入干涸的泥土中一样进入你心里，停留在那里。她的雀斑像天上的小星星，放射光芒，装点夜空。

你坠入爱河了，他对自己说，你不该这样。想入非非是没用的，让时间来融化这不切实际的念头吧。

由于工作关系，他又去总督府两次。他和露西没怎么说话，除了"谢谢""不谢"，没说过别的。但这不等于说他们没有交流。交流并不仅仅限于语言。眼神、目光、表情、肢体都会交流，而且交流的内容比语言丰富得多，也微妙得多。有时，一个眼神所传递的信息甚至比一本书都多。

第三次唐诺是一个人去总督府的。这时他和露西如同前世热恋过一般，彼此相知，心心相印。露西在给他上茶时悄悄塞给他一张电影票。

唐诺早早来到电影院，等待露西。焦灼，甜蜜，痛苦，担忧，幸福，像一只只手，轮流揉搓他的心脏。受不了了，受不了了。时间像黏稠的糖稀，流动得那么慢。哦，露西，露西，快来救救我。

露西宛如一道光出现在他面前，他欣喜若狂。

多么幸福啊，空气都变成了玫瑰色，如梦境一般。

他们看的电影是《大独裁者》。

开怀大笑时，他抓住露西的手，露西没有将手抽回去。

他感觉两颗心都在手上跳动。

走出电影院，外边正在下雨。雨不大，也不小。他们站在屋檐下。路上，有人打伞，有人在雨中奔跑。没有出租车。

怕淋雨吗？露西问。

不怕，唐诺说。

电影院离总督府不远，但足以将他们淋湿。

走！露西拉着唐诺的手，他们跑入雨中。

雨故意和他们作对，突然变大了，哗啦啦，迷蒙一片。刹那间他们就湿透了。街道上积水盈尺，雨滴砸在水面上，水花四溅，看上去，大地像是沸腾了。

唐诺和露西继续在雨中奔跑。

真过瘾啊。

你说什么？

我爱你。

我听不见。

他们内心滚烫，雨水也难以降温。到总督府门廊下，他们紧紧拥抱在一起，疯狂亲吻。冰凉的嘴唇瞬间便火焰般灼热。湿衣服裹紧皮肤，肉体滚烫，热气蒸腾。

10

洪雨的加入使气氛变得非常活跃。看得出唐诺喜欢洪雨，可能是都当过兵的缘故吧，尽管一个打过仗，一个没打过仗，尽管年龄相差半个多世纪。

洪雨对战争有强烈的兴趣，他问了许多关于战争的问题，细致而专业，比如入缅时间，部队番号，兵力，军官姓名，行军路线，驻扎地点，战争过程，武器，交通工具，友军位置，作战命令，战斗结果，伤亡情况，官兵情绪，战略战术，等等，唐诺一一予以回答，没有任何不耐烦。

在他们的交流中，我们了解到更多关于那场战争的细节。还知道唐诺见过蒋介石、史迪威、陈纳德等风云人物。他对三个人的评价是：蒋介石——严肃，史迪威——刚毅，陈纳德——飞扬。

洪雨手中有个小本子。他不时地在小本子上记录一些东西。

我们问他是不是要写本书，他说他不写书。

那你记这么仔细——

我对真相感兴趣，他说，纯粹个人爱好。

和他不同的是，我们对故事和故事中的人更感兴趣。所以很想听唐诺讲他的爱情故事。

11

吉普车巨大的轰鸣声消失后，唐诺才回过神来：机场到了。

一架小型运输机正在等着他们。

杰克走上去和机长耳语几句，塞给机长一卷美元，招呼唐诺登机。唐诺在杰克的吉普车上留了一根金条，他不想欠杰克人情。

飞机上除了机长和副机长外，全是货物，只有他一名乘客。

飞机升空后，他一个人待在货舱里。

自从那次飞行历险后，他乘飞机总是战战兢兢。是爱情治愈了他的恐飞症。热恋时，露西安排一次度假——乘飞机去马尔代夫。那次他没感到害怕。之后，再也不害怕了。

一生中最幸福的时光，就是在马尔代夫那一周。那是露西带给他的天堂。他们每天都生活在云端。吃喝，做爱，游泳；做爱，游泳，吃喝；游泳，吃喝，做爱……不知有汉，无论魏晋。

他们躺在吊床上聊天，海风吹拂，树影婆娑，聊的内容不记得了，但那种感觉永生难忘。

他们数天上的星星，在群星中找寻牛郎星和织女星，两颗象征爱情的星星，因爱而明亮。

他们骑自行车兜风，大汗淋漓。回去脱光衣服后，他们没有立即冲凉，而是搂在一起，感受汗水的光滑、咸涩、气味和黏度。

皮肤与皮肤摩擦，汗水与汗水融合，唾液与唾液交换。然后，肉体与肉体燃烧。

他们在遮阳伞下读书，将书盖到脸上小憩。一个卖珍珠的小贩过来，她仔细挑拣，买了一串珍珠。她戴上，问他，好看吗？好看，他说，一串幸福的珍珠。什么？我说那是一串幸福的珍珠，它们能时时刻刻搂着你的脖子。从来不会甜言蜜语的他，在那天堂般的地方也能自然而然说出这么肉麻的话。

他们将一切抛诸脑后。现实，过去，未来，都不想，不考虑。只是现在，只是他们俩，这就是天堂。

他不知道露西是偷跑出来的。他不知道总督反对女儿和他交往。他不知道露西所面对的压力。

回到印度后，露西与父亲大吵一架，与他一起私奔到孟买。

唐诺是传统的中国男人，他不想露西因为自己和父亲闹翻，但露西很决绝：要么你带我走，要么让我死。

他别无选择。

他带露西在孟买筑起爱巢。

为了生存，他选择经商。这是杰克给他的建议。他不认为自己有这方面的天赋。他原本希望能找个教书的差事，或者到哪个公司当个职员也行。杰克说经商吧，否则你养不活露西。他说没本钱。杰克要借钱给他。露西说，我有。她将存的体己钱都掏给唐诺。唐诺于是做起了生意。入道之后，唐诺发现处处都有商机，钱如此好赚。他做生意与其他商人不同，从不追求利益最大化。如果赚得多，他会心中有愧。再者，他诚实守信，商人都愿意和他做生意，他总有生意可做。虽然每次赚得不多，但累积起来，也不是个小数目。不知不觉，他已跻身富人行列。他受到同行尊重。露西又为他生个小天使，他很满足。

生活一天天过下去，平静而幸福。

他早就说要回去看望母亲和其他家人，但总有事羁绊，使计划落空。

母亲身体一直很好，他没想到母亲走得这么突然。

他非常后悔。

眼泪涌出，巨大的泪珠滚过面颊，急速坠落，狠狠地砸在机舱地板上，啪嗒一声，泪花四溅。

12

洪雨巨细无遗地提了很多关于滇缅战争的专业问题，我都不吃惊。当他合上小本子，提议和唐诺一起唱200师的军歌时，我惊诧了。

我知道军事发烧友对战争的考证有多么细致，也知道他们会下多大功夫，但对于他会唱某师的军歌，还是觉得不可思议。

你真的会唱200师的军歌？

洪雨点头，要不要一起唱？

开什么玩笑，我们连 200 师有军歌都不知道，更不要说唱了。

洪雨说，你们肯定会唱。

怎么可能。

唐诺说，戴师长死的时候，他要我们为他唱军歌，我们哭着唱，送他上路，他闭着眼睛听，眼睛就没再睁开。

一起唱吧，唐诺说，你们会唱。

我们面面相觑，连唐诺也这样说。

唐诺和洪雨一起唱：起来，不愿做奴隶的人们，把我们的血肉，筑成我们新的长城，中华民族到了最危险的时候……

这不是国歌吗？

《义勇军进行曲》，洪雨说，正是 200 师的军歌。

我们跟上他们的节拍，也唱起来。

唱歌的时候，唐诺两眼闪亮，他的思绪又回到战火纷飞的年代，回到同古，回到棠吉，回到野人山，回到与戴师长诀别的时刻……

13

飞机降落昆明巫家坝机场已是下午。天色阴沉，傍晚似乎过早地降临了。

飞机停稳后，有两名持枪士兵前来通知他们在飞机上暂时等候。没说原因。机场很忙碌，一会儿工夫就有好几架飞机降落。来的都是重要人物，有小车接送，还有士兵护卫。

两个小时过去，机场安静下来。

我们可以下了吧？机长说。

再等等，一个士兵说。

等什么？

没接到命令，你们不能离开飞机。

机长提出抗议，没用。

唐诺感觉有些异样，但没多想，他的心思全在如何回腾冲这个问题上。

如果顺利的话，他明天应该能够回到家。他手中有钱，不怕搭不上车。俗话说，有钱能使鬼推磨，只要多出钱，没谁能拒绝他的请求。

此时，幸运之神已弃他而去。他不但明天回不去，后天回不去，大后天回不去，此后三十年都回不去。

在飞机上待了四个小时后，机长、副机长、唐诺被带到一个小屋扣押起来。

进屋的时候，唐诺看到一只黑猫从他脚边悄然溜进屋子。可随后在房间里他找不到这只黑猫。房间只有十平方米左右，空无一物，黑猫会藏哪里呢？没有电灯，漆黑一团。在黑暗中，猫的眼睛会像小灯笼一样明亮。他没看到两只小灯笼。他说屋里有只黑猫，机长和副机长都不相信。他说我们看不到它，但它就在这里。如何证明一只看不见摸不着的黑猫存在，是个难题。他没能解开这个难题。奇怪的是，晨光从门缝透进来，屋内一览无余，他还是没看到这只黑猫。真是诡异。他想起早上在孟买街头看到的黑猫。那只黑猫竟然对他笑了一下，也很诡异。

度过一夜难熬的时光，黎明时分，他们才弄明白到底发生了什么事。国民党云南省主席卢汉宣布起义，省政府大楼上的青天白日旗换成了五星红旗。

唐诺乘坐的这架飞机属于英国航空公司，机长、副机长都是英国人，两天后，这架飞机被放行，飞往香港。唐诺则被当作特务投进了监狱。

他的人生——战争和爱情——在那一天终结，剩下的几十年，他只是活着而已。

或者说，此后岁月，他只是在头脑里一遍遍重新经历以前的人生。

他所有的物品，包括金条、银圆、美钞，都下落不明，但妻子的照片奇迹般地留了下来。

正是这张照片陪伴着他人生最后的岁月。

14

唱完《义勇军进行曲》，许女士提议结束这次采访。老人累了，她说。

这个理由足够充分。毕竟唐诺九十四岁了，身体要紧。我们只好起身告辞。

没能听唐诺亲口讲他的爱情故事是个遗憾。

他的爱情传奇，我是听许女士讲的。我唯一弄不明白的是，唐诺为什么不去寻亲。

许女士说她问过这个问题，并表示志愿者可以提供帮助。唐诺的回答是：不要。

为什么？

没有为什么，他就是这样回答的。

只能做一些合理的猜测：一、几十年过去了，妻女早已开始新的生活，他不愿打扰她们。二、他离开家时风华正茂，不想几十年后以一个老人的形象出现在她们面前。三、他恐惧。

猜测终归是猜测，真实的原因也许只有唐诺自己知道。

和我一起采风的两个朋友是林夕和蔡笑扬。我们为了写一部电视剧，到昆明，到腾冲，到保山，到大理，到祥云，一路考察历史，搜集故事。我并没打算写小说。直到有一天，我在郊外看到一只黑猫，我盯着它的眼睛看，在琥珀色的球体上我看到自己的影子，接着我看到 1949 年的孟买街头，看到唐诺走出家门去买咖啡……那天是 12 月 9 日……他一生的分水岭……

回到家，我打开笔记本，写下小说的题目：《浮生一日》。

许多日子像雪一样在水中无声地融化，不留痕迹；个别日子则像船一样在时间的河流上航行，从过去驶来，愈来愈近，愈来愈清晰，比如这一天：1949 年 12 月 9 日。

回家的路

　　我在县城租了一辆自行车。我要骑车回家。县城离家二十里，读高中时我每周回一趟家，都是跑步。现在不比那时候了，很难跑这么远的路。

　　从县城到我家是一条笔直的柏油马路，路两旁是高大的杨树，树冠相交，形成一个绿色的隧道。路上车不多，比较适合跑步。二十里路不在话下，但用时多少，我却不知道，因为没有手表，无法卡时间。两道冈，一条河，一个镇子，还有一个造纸厂，一切都熟悉得不能再熟悉了，我闭着眼都能跑回去。

　　骑上自行车，向南，出城，就应该是林荫大道。但县城已经不是我所熟悉的县城了，街道和建筑都很陌生，记忆中的痕迹一点儿也找不到了。许多运土的大卡车哼哼哼地开过去，地动山摇，尘土飞扬。路面被大卡车轧坏了，坑坑洼洼，高低不平。大卡车一颠一颠，行走艰难，不时有土从车上撒下。我想快速越过这段糟糕透顶的路。透过尘埃，我看到前边有一座大山，山上是青色的，山脚靠近地面有两三丈是赭红色，非常醒目。我停了下来。肯定是方向弄错了。县城往南一马平川，哪儿来的大山。我记得县城周围没山，只在西边十几里外有一座山，叫方山。因为山顶是方的，因而得名。上高中时，学校组织爬山，上去过一次。山顶的确是方的，上面还有一些石头寨墙的残垣，没人知道是什么时候什么人留下来的。据说那曾经是土匪的山寨，但没人考证过。难道县城膨胀得这么快，已经到了山跟前？我不敢确定。

　　路边有一个卖烟的小摊儿，一个留山羊胡的男子守着摊儿。他看上去五十来岁，也许三十来岁吧，谁知道呢。他脸上没什么表情，只有灰尘。也许有表情，但被灰尘盖住了，看不出来。在这地方摆摊儿，会有生意吗？他朝我扫一眼，不可能看不出我的迷茫。一个推着自行车站在尘埃中不进不退的人，瞎子也能看出是怎么回事——迷路了呗。他拿起鸡毛掸子掸了掸烟盒上的尘土，故意不看我，稳坐钓鱼台，等着我上钩。他又瞥了我一眼，心里得意着呢：来吧，我等着你呢，你不问我问谁去。公路上驶过两辆摩托车和一辆小汽车，还有一辆辆大型卡车，每辆卡车都有二十个轮子，看上去像巨无霸。我不可能拦住正在行驶的车辆问路。没有行人，只有这个烟摊儿。他等着我向他问路，同时也等着一笔生意。懂事的话，你先买盒烟，然后再问路，否则，等着瞧好吧，他要么不搭理你，要么给你指错路，问东，给你说西；问南，给你说北。这种事我见得多了。他如果卖报，我会买一份，可是烟，就算了，我不抽烟，口袋里装盒烟挺别扭的。不买烟，就别问路。不问就不问，我才不会自找没趣。我们都了解对方的心思，互相僵持着。

一个干部模样的男子夹着皮包走过来。哈哈，我赢了。我朝山羊胡看一眼，他明显有些失落。他啪啪拍打着烟摊儿，把烟都打疼了。到手的买卖丢了，能不让人家发泄一下，随他去吧。

腋下夹皮包的男子似曾相识，我们见过吗？我在头脑里搜索一遍，确定不认识，也没见过。我走上前去，和他打招呼，我说我迷路了，到哪儿都转向，这是什么方向？我指着正前方，也就是对着山的方向。他说，这是南，正南。我有些疑惑，真的是正南吗？他说，你看看太阳，现在是八点钟，太阳在左边，这可不就是正南。太阳竟然出来了。我往左边看去，太阳无精打采地从一排楼房顶上冒了出来，像刚挂上去的灯笼，指示着方向。那是东。毫无疑问，正前方是南，只能是南。

既然方向没错，就要绕过这座山。山脚下肯定有路。尘埃弥漫，看上去有些可怕，什么也看不见，但那儿不可能没路。

腋下夹皮包的男子很友好，他指着山脚说有两条路，一条通往高速，一条正在修。我骑自行车不能上高速，只能走另一条。正在修路不怕，自行车总能过去吧。他说，过不去，自行车过不去。然后他建议我走第三条路，一条小路，捷径。看来他对路很熟，可以说了如指掌。他很热心，领着我，绕过烟摊儿。那个卖烟的男子恶狠狠地看了他一眼，仿佛他抢了他一盒烟似的。穿过一道大门。说是门，其实已经没有门了，只是个大门洞。这条路够隐蔽的，他要不领着，我还真找不到。

我说，太麻烦你了。

没什么。

你上班会迟到的。

没关系。

我知道有些单位上班很松，半日制，还没什么事干，也就是喝喝茶看看报。其实这样没什么不好，他们如果忙起来，不知道会浪费国家多少钱财。

他笑笑，不置可否。

在哪个单位上班？

人事改革委员会。

新机构？

刚成立。

做什么的？

精简机构，淘汰冗员。

一听就是个有权的部门，看来要有大动作了，这次不知会有多少人下岗。我有一帮同学在县城工作，大多当公务员，他们的命运也许就攥在他手里。我们已经聊得像朋友了，要不要提提我那些同学，说不定他还认识一两个。劳动局的、教委的、粮食局的、人大的、政协的，等等，据说都干得不错。不怕一万，就怕万一。万一哪个同学的名字进入下岗人员名单中，他也许会手下留情吧。真是荒唐！萍水相逢，就说这些，岂不是异想天开。我最终没提。

我们又聊了点别的。聊什么并不重要，重要的是聊天的语气和氛围，很随意，很亲近。我想，也许我们以前是朋友，只是这会儿都没记起对方而已。他给我的就是这种感觉。

他问我，回家？

我说，是的，回家看看。

家里还有什么人？

都出去了，没人，房子也倒了，只有门楼还戳在那儿，不过也快倒了。

噢——

我们家院里有棵很大的香椿树，树冠就像一把大伞，夏天整个院子都是阴凉的。院门口还有一棵弯腰枣树，枣结得可稠了，把树压得快挨住房坡了。我小时候常上房坡打枣捡枣，瓦被我踩烂了好多。房坡上长很多瓦棕，也长很多草，里面好多小虫子，鸡经常在上面刨虫子吃。有一次我还在房坡上捡到一个鸡蛋。屋后还有一棵梧桐树，我考上高中时，父亲对我说：不到北大非好汉。我将这句话刻在这棵梧桐树上，每周回去我都要看看摸摸，作为对自己的鞭策。

看来你考上了北大。

我唔了一声。

要不你不会说这件事。

也许吧。我还记得堂屋的南墙上有父亲用毛笔写的一首打油诗：此梦不强，写到南墙，太阳一照，化为吉祥。肯定是父亲做了很可怕的噩梦，第二天才这样写到墙上的。到底是什么样的噩梦，父亲从没谈过，我们也没问过。

你父亲是个什么样的人？

怎么说呢？一般人童年时崇拜父亲，父亲是一座大山；青春期开始叛逆，父亲不过尔尔；再往后，成年了，自己开始养育孩子，会理解父亲。我呢，童年、青年和成年，一直崇拜我父亲，现在也是……

别哭，我理解你的感情。——他拍拍我的肩膀，安慰我，又打开腋下的小黑包，从里面抽出一张纸巾塞到我手里。

对不起，我……

好了，没事儿，我理解。他说，我给你讲讲我父亲吧。我父亲大学毕业分配到县一中教学，教物理。赶上打右派，学校里分有名额，可是谁是右派？脸上又没写字，老师们犯了愁。开会，快开一个通宵了，还没定下来。我父亲尿憋得慌，起来去上了个厕所，回来就成了右派。大饥饿年代，我父亲跑到东北，隐姓埋名，做了个盲流，后来遇上我母亲，生下了我和我妹妹。再后来，父母离婚，父亲带着我和我妹妹，流浪到漠河，中国最北的地方，那里冬天零下四十多摄氏度，夏天凌晨两点多天就亮了。我父亲有好几次差点死了，那种苦……

他也哭起来了。他打开小黑包，抽出一张纸巾擦眼泪，又塞给我一张。

我不用了，我拍拍他的肩膀，说，我们这是怎么了？好了，都不哭了，让人笑话。

他朝我咧嘴一笑，我也朝他咧嘴一笑。然后我们哈哈大笑。笑声惊起了一树麻雀。

我们走了一段很长的路，一直沿着城墙内侧。城墙足有两三丈高，是青灰色的大砖砌起来的。这种大砖与长城上的大砖一样。路过一些住家户，房子都很古旧，低矮，可能是为了与城墙相匹配有意保存下来的旧房。其中有一户在院里养貂，一个很大的铁丝笼子，里面有两只貂，蹿来蹿去，疾如闪电。开始我还以为养的是黄鼠狼。我小的时候，院子里偶尔会有黄鼠狼出没。它们是来给鸡拜年的——偷鸡蛋，叼鸡。夜里，我们家的鸡都飞到树上，在树上过夜，黄鼠狼若爬树，它们就像鸟一样飞到别处，另一棵树，或屋脊上。家里还养了三只鹅，鹅不会上树，结果一天夜里三只鹅全被黄鼠狼咬死了。我对黄鼠狼毫无好感，连带着对形体相似的貂也没好感。尽管如此，我认为将这种敏捷异常的动物关到笼子里还是很残忍的。应该给它们自由。

两个老太太在墙角拉家常。我们走过时，她们抬头看着我们，等着为我们提供帮助。我的同行者停下来，给我指路：从这儿上去，往前走，一直往前走，就能交住你回家的路。

那条林荫路吗？我说，那条路，两旁是高大的杨树，树冠在空中相交，形成一个绿色的隧道。

他说，你知道，咱县经济发展得很快，路都重修了，拓宽了，杨树不一定还在，也许早没了。

上高中时，那条路我每周都走，有一次还遇到了我暗恋已久的女孩，她一袭黑裙，骑着自行车，美若天仙。那是个黄昏，天正在变暗。她皮肤白皙，差不多是透明的，从里边往外放光，这种光很微弱，只有我能看到。她飞驰而过，一道光，将黄昏照亮了。我目瞪口呆。我站了好长时间，想把她接触过的芬芳空气全部吸进肚里。

他打了我一拳：就到这里吧，我要去上班了。

我很感激，与他拥抱告别，简直像是亲兄弟。他沿原路返回。我看着他的身影消失在一座青砖灰瓦的房子后面。那座房子的灰瓦上也长着瓦棕和草，两只麻雀在草丛中觅食，不时地抬起头警觉地看看周围。这个人，和我，两个陌生人，我搞不明白我们为什么能够互诉衷肠，真是很奇怪的事。

按这位兄弟给我指的路，我要登上高高的城墙，从上面往前走，一直走下去。城墙很宽，能并排走下两辆马车。我在县城读书的时候，并没有城墙，这城墙应该是后修的。但砖都是旧砖，看上去很有年代感。我知道解放前是有城墙的，解放县城时还打了一场恶仗，死了很多人。解放后城墙拆了，到我上学的时候已经无影无踪了，连一点儿痕迹都看不到。只有一条大水沟留了下来，据说是当年的护城河。如今，到处都在开发旅游，修城墙大概是为了增加一处景观吧。我看看高高的阶梯，心想，自行车怎么办，要不要弄上去？

墙角两个老太太都穿着灰色的衣服，与城墙很协调。其中一个老太太戴着十字架，显然是信主的。她走过来对我说，自行车不让上去，放那儿吧。她指指墙边，那儿已经放了两排自行车。我将自行车推过去，停放好，上锁。她问我去哪儿，我说回家。她说回家好，是该常回家看看。她跟着我，不向我兜售东西，也不传教，只是和我说话。墙角仍然坐着的那个老太太淡定地看着我们，如同看天边云卷云舒一样。

我开始往上爬，她也跟着。我问这城墙是什么时候修的，她说没几年。我说这砖可不像是新的。她说砖都是老的，原来的墙砖，是从各家各户收上来的。有的用这砖盖鸡笼，有的压酸菜，有的当凳子坐，都收了。我重新核实一下回家的路，她说没错，是从这儿走。她还说，我有个姐妹是你们庄上的，我们叫她二妞，去年死了，下第一场雪的时候死的。我不知道她说的是谁。

她有四个儿子、俩妞。

我还是不知道她说的是谁。

可怜啊，她说，她受了一辈子苦，一天福也没享上。俩妞都嫁得远，不常回来。儿子们各立各的灶，和她分开过。老伴儿在的时候，还有个依靠；老伴儿一死，她就孤零零一个人了。

我有个叫二婶的，也是这样，一个人过，三个儿子，没人给她一分钱。

她也是啊，四个儿子，都有一片理，就是不给她钱。我劝她信主，我说主会帮你，她不信。她说我儿子都不帮我，主会帮我？我说主会帮你！她就是不信。去年她得癌症死了，死的时候瘦得就剩一把骨头了。

我想岔开话题，就问她今年高寿。她说七十八了。

看着不像，我还以为您顶多六十岁呢。

她笑了，满脸皱纹像水池中的涟漪，竟然还有一丝妩媚。

您老身体真好，活到一百岁没问题。

我奶奶活一百零三岁，你刚才看到的那是我娘，九十八了，耳不聋眼不花，脑子也不浑。

我深感震惊，长寿之家啊！几世同堂？

五世同堂。

有什么长寿秘诀吗？

啥秘诀，阎王爷把你忘了，你就多活几年。

我笑了，她这话可一点儿不像信主的人说的。

我去过你们村，村边有一棵大白果树，三个人合起来都围不住。都说那棵白果树成精了，大炼钢铁时都没人敢动它一根手指头。

您老哪年去的？

不记得，好多年了，那时候毛主席还活着，万寿无疆呢。

白果树是我们村的标志，十几里外都能看到。没人能说得清树龄多少年。树上不少枝已经枯了，但一直在那儿长着，还是树的一部分。据说树中间已经空了，那里住着妖怪。还有人说里面都是蛇。有一个蛇有盆口那么粗，夏天会盘在树上乘凉。一个小孩说他能站着升到空中，他带领小伙伴们来到白果树下，说，看，我给你们表演。果然，他像一个氢气球一样冉冉上升，升到两米高的地方又冉冉落下。他接连表演了三次，小伙伴们都惊呆了。回家说给大人听后，大人们再也不让小孩到树下玩了。有人看到树上有一条大蟒蛇，它想把小孩吸上去吃掉，但一口气只能吸到两米高处，换气时小孩就落了下来。每次都这样。那个"升空"的小孩就住我们对门，按排行我叫他大哥。他有羊角风，犯起病来很吓人，后来死掉了。

我不知道世界上还有哪个村子像我们村子那样美。西边是巍峨的灵山。灵山乃伏牛山之首，俗语有"伏牛山，八百里，灵山头，华山尾，曲里拐弯到陕西"。山顶偶尔会有云雾缭绕，我们叫"灵山戴帽"。"灵山戴帽"，多半是要下雨的。东边是七里河，河在这里拐了个弯，如同一条胳膊屈起来，把我们村子抱在怀中。在山与河之间，就是我们村子和一片肥沃的土地。村南有一冈，冈上有一洞，叫子陵洞，冈就叫子陵洞冈。冈下有一温泉，泉水咕嘟咕嘟往外冒，热气腾腾。村北偏西有一山，叫富春山。相传东汉时刘秀的布衣朋友严子陵隐居在子陵洞，富春山上有他的钓台。

我说，我们村子以前很美。

现在呢？

东边建了飞机场，西边建了水泥厂，山被啃了一半，七里河的水也变成墨汁了。

她叹息一声，都一样，到处都一样。

村子里粉尘弥漫，每家屋顶上都落二指厚的水泥。飞机起飞的时候，震耳欲聋，小孩被吓得哇哇直哭。

还能住人吗？

有什么办法，那是祖祖辈辈生活的地方，祖先都埋在那里。

你回去上坟？

上坟，当然。也要看看倒塌的房屋，看看院里的香椿树和枣树。屋后的梧桐树已经不在了，上次回去时发现的。

说着话，我们已经走了很远的路，城墙不知什么时候变矮了。

墙内有许多房屋，全是低矮的瓦房，房前屋后都种着蔬菜，有豆角、番茄、辣椒、黄瓜、南瓜，等等。豆角地里扎有一排排的竹竿架子，豆角都爬在架子上，结得很稠，伸手就能够到。

这些是老住户吧？

是啊，她说，前边就是我家，你要不要喝口水？

她这么一说，我还真觉得有些渴，再看太阳，已是中午了，立即就口干舌燥起来。

她家是一个小院，和别的小院大同小异，唯一的区别是她家门上没有贴"福"字，而别人家的门上都贴有"福"字。别人家门框上的对联虽然也旧，但能看出是当年贴的，她家门框上的对联一看就是往年贴的。她说，去年老头子死了，上天国去了。我知道，家中有人去世，按风俗三年不能贴红对联。

院里有个凉棚，棚下有个小方桌和几把小椅子。她掂掂桌上的热水瓶，里边有水。她从一摞小瓷碗中取下一个，打开一个小铁盒子，从里边捏出一点茶叶放碗中，又从一个大玻璃瓶中往碗里倒了一些白糖，然后沏上水。喝茶，她说。

坐在凉棚下，喝着奶奶沏的茶，我有种恍如隔世之感。我在心里开始称呼她奶奶了。十岁的时候我奶奶去世，奶奶去世的时候就是这个年纪。几十年过去了，我还能清晰地记起奶奶的相貌。有一次村里放电影，奶奶要搬一条板凳，而我非要坐马扎不可，那时小，不懂事，和奶奶使性子，又哭又闹，奶奶无奈，去邻居家借了一个马扎，我才不哭不闹了。这件事我一直很后悔，更后悔的是，从没向奶奶道歉。奶奶生病，卧床一年多，后来身体浮肿，看上去胖了一圈。有一天，我高兴地对父亲说，奶奶的肿消了。我以为奶奶的病要好了，没想到第二天奶奶就过世了。后来，我才知道那是回光返照。

这位戴十字架的奶奶要给我张罗吃的，我连忙谢绝，我说我不能在这儿吃饭，我还要赶路。

她说饭总是要吃的。

我在路上吃吧，我说。

我起身告辞，奶奶拉住我的手，再坐会儿吧，再坐会儿吧。她眼中满是期待和恳求。我又坐下了。

三年了，奶奶说。

什么三年了？

孙子三年没来看我了。

他在哪里工作？

深圳。

为什么？

他是超生的，从小没跟着爹妈，跟着我，养大了，翅膀硬了，飞走喽，飞走喽——

她朝凉棚外撒了一把小米，一群麻雀从天而降，有几十只吧，它们无声、快速、高效地啄食着地上的小米。她看着麻雀，脸上浮现出一丝笑容。麻雀啄食完地上的小米，扑棱棱飞起来，落在凉棚上，叽叽喳喳叫着，不肯离去。

你每天都喂吗？

你听——

听什么？

听它们说话，说得多热闹。

说什么？

说你呗，它们以前没见过你，你是客人，它们好奇。

你能听懂鸟语？

她笑笑，没有回答。

我真的该走了，我说，还有很远的路。

是啊，很远的路，太远了，不知道你能不能走回去。

送我出门，她指着横在南边的大山，说，山很大的。

我知道，我说。

从这儿望去，山势连绵，没有尽头，令人望而生畏。

奶奶攥着十字架，眼含热泪，喃喃念着什么，与我告别。我心里一阵阵难受，不敢再看她，怕再看她一眼，自己就没有勇气离开。我头也不回地走了。但我仍能看到她的身影。她又往前送了一程，看着我的背影，直到看不见，又站了一会儿，才转身回去。凉棚上的麻雀对着她又是一阵叽叽喳喳地叫，也许是安慰她吧。

我确信她看不到我了，才站住，擦去脸上的泪水。一个男人满脸泪水地在路上走着，人们一定会觉得很奇怪。其实就连我自己也觉得奇怪。同时，还有另外一种东西进到了我心里，那就是：恐慌。这个城市是陌生的，这条路是陌生的，城墙是陌生的，山是陌生的，还有，空气也是陌生的。总之，一切都陌生。我不知道这条路通往哪里，不知道山后面是什么，我甚至不知道我——能不能回到家乡。

大立柜

　　星期天我正在为杂志赶写一篇稿子，突然接到小萌的电话。两天前，我参加杂志社组织的采风活动，去一个叫阜平的地方待了两天，吃也吃了，玩也玩了，归来为人家写篇稿子是题中应有之义。我写的文章，题目叫《我看到……》，就写我在阜平之所见。比如：我看到一个细雨中的村庄，像水墨画一样意境幽远，人们一点也不慌张，从容干着各自的活计，街上有游人，游人也不打伞，从容地逛着，享受着山村的闲适和恬静，还有细雨的润泽……。阜平和我老家一样，是个贫困县，经过扶贫攻坚，已经发生了天翻地覆的变化。至少我们采风的地方是一派欣欣向荣的景象，一个小村子变成了旅游小镇，吃的，住的，玩的，一应俱全。正如我所看到的，细雨中的山村，已经没有贫困的影子，有的只是宁静和诗意。我很警惕"诗意"这样的字眼儿，担心过于主观，或被假象所欺骗。许多时候，使用这类词语，只是因为你没有经历过高强度的、艰苦的、枯燥的、近乎绝望的劳动，比如割麦，一眼望不到头的麦垄，顶着烈日，你弯下腰不停地挥镰，一下，一下，一下，一下，一下，一下，一下，一下……重复着上千次上万次同样的动作，没多久，你就会感觉腰快要断了，但你知道腰不会断，那只是累和疼。没关系，坚持住，然后就麻木了。你的感觉会迟钝，你的动作更机械，你要把自己当成一个机器，机器是不会说累的，你咬牙坚持，也不说累，因为说也没用，什么问题也解决不了，要保持乐观，你要把每一棵麦子割下，把每一个麦穗收回去，打场，扬场，翻晒，让每一粒麦子归仓，真是粒粒皆辛苦……诗意吗？问问那些从农村出来的作家，有谁愿意回去干农活。他们无不对那片土地又爱又恨。我也一样。当我使用"诗意"这个词时，我知道我已经远离了农事。另外，我也知道现在的农村与以前大不相同，小型机械已经把农民从土地上解放出来了。青壮多不种地，而是外出打工。——思绪跑远了，必须拉回来。我即使写一篇小文章也要全神贯注，回到那个情景之中……我不喜欢被打扰，可是小萌的电话不能不接。小萌是我弟媳，她很少给我打电话，除非母亲有什么事。果然如此，她开门见山地说：妈不见了。

这怎么可能呢？一个小村子，十几户人家，在一个山坳里，四面环山，只有一条小路通向外面，母亲能去哪里呢。母亲今年八十岁，身体硬朗，即使这样，她也不可能一个人外出啊。每家都找了吗？小萌说村子里找遍了，没找到。她会不会去新村？这两天村里各家各户都在准备搬家，舍弃旧家，乔迁新居。这是政府行为，叫易地搬迁扶贫。新村的房子是政府掏钱盖的，人们只需要将旧房屋和宅基地交给政府，就能换一套新居。土地也要交给政府流转，或退耕还林，或统一转包出去。政府不白拿地，每亩地一年给农民 800 元，一次性给 4 年的，也就是 3200 元。老百姓会算账，这比种庄稼强多了。种庄稼一年种不出 800 元，还累得要死。新村还建有小工厂，加工半成品，生产一种奇怪的帽子，那帽子有两个护耳，看着很可笑……想上班的，可以在那里上班，计件工资，不偷懒的话，一个月能挣 2000 ~ 3000 元，这够买多少麦子啊。小萌说她给已经搬到新村的都打过电话，谁也没见到老太太。老太太能去哪儿呢？我提到几个家庭，小萌说都去找过，我没提的家庭她也去找过。她说每一家她都去找过，没有，连个影儿都没有，都说没见过。

小萌是我弟弟的第二任妻子。她比我弟弟小十八岁，年轻，漂亮，时尚。我不知道弟弟是用什么手段把她追到手的。她为我弟弟生了一个儿子，小宝，今年五岁。我弟弟，亲戚邻居都说是"没尾巴鹰"。"没尾巴鹰"是我们那儿的方言，意思极其微妙，是说一个人经常不落屋，你抓不到他。我对这方言的由来，不得而知。如今鹰已经很少见到，更不要说没尾巴的鹰了。我常常不知道弟弟在干什么。他变换工作（如果他干的事也叫工作的话）之勤，超过了我们联系的频率。比如上次他说他在倒地皮，下次再问他，倒地皮那事就不说了，他说他在开矿，再下次，开矿也不说了，他说他准备承揽一个橡胶坝工程，我免费给他们建橡胶坝，他们给我河边的土地，我在土地上开发房地产，再下次，他说他在做石油生意，准备趁油价下跌从沙特往中国倒一批石油……总之，他从不闲着，也从不缺项目。他说的都是大项目，大到让我目瞪口呆。比如倒石油，他可不是倒一万两万桶，而是一百万两百万桶。必须以百万计，他说，一万两万桶，这样的小单谁会接。瞧瞧！他不是吹牛，每次都说得有鼻子有眼，万事俱备只欠东风……他说的项目，只要做成一件，挣钱就挣海了，几辈子也花不完。可惜，几十年过去了，这些大项目他一件也没做成。我问小萌，弟弟在哪儿，她说在内蒙古。干什么？她说不知道，大概是……要承包一个沙漠，做旅游，贩卖荒凉，同时，种树，向国家要补贴，还要养一批骆驼，一举三得……他是这样说的，他还说承包费为零，真去了，旗里还会给贷款，税收也有优惠……。我上周在老家还见过弟弟，他没说要去内蒙古，看来这是新项目。我只是想知道弟弟在不在家。既然他在内蒙古，就指望不上了。我问小萌，给大哥说了吗？小萌说大哥在张罗搬家。看来没说。大哥是我的堂兄，当着村支书。他对人热情，无论谁家有事，他都当作自己的事忙前忙后。这几年，精准扶贫的事很多，他更是忙得不可开交。搬迁是大事，可以说是村里最大的事，可以想见他有多忙。这事要给大哥说吗？小萌让我拿主意。我知道母亲不会丢，我说，再找找，还是先不麻烦大哥吧。

挂断电话，我想继续写文章，可是心绪烦乱，一个句子也写不出来，我唯一能写的就是：我看到……。想回就回去一趟，妻子说，我陪你。我说我还有事，再说了，有必要吗？上周刚回去过，还去看了新房子，里面家具一应俱全，可以拎包入住。弟弟说老家具都淘汰不要了，新家新气象嘛。他又说，说不定一搬家就时来运转了。没有家具，搬家就简单多了。衣服、被褥、用具，一车就拉过去了。新家又是一楼，车能开到楼跟前，不费什么事。车，乡里统一安排，不用自己找。车前要挂大红花，还要放鞭炮，这是乡里一大政绩，自然要弄出点动静。仪式也很重要，县里市里电视台要采访报道。说不定省里电视台也会去人。我不愿凑这样的热闹。我对妻子说，妈会找到的，丢不了。妻子说，妈会去哪儿呢？就那么个地方，小萌都找过了，没找到。妈又不是一只鸟，会飞走。我看妻子一眼。她说，我只是打个比方。妻子对母亲很孝顺，总是劝母亲来城里住。母亲说城里住不习惯，跟坐牢似的，还是农村住着舒服，出门就能看到山。妻子说看了一辈子山，还没看够啊？母亲说看不够，看不够。我说相看两不厌。母亲偶尔也会来城里住几天，妻子给她买衣服，给她洗头洗澡。母亲不愿意让妻子帮她，她说我自己能行。妻子说怕您摔跤，您要摔一跤可不得了了。母亲说不会摔跤，哪能摔跤呢。妻子举出许多老人摔跤的例子，引起母亲警觉。母亲最后答应让妻子帮她洗澡。母亲一般在城里只住一周。我周日将她接来，下个周日她一定要回，怎么劝说都不行。我如果说有事送不了，她就要坐班车，可见回家的决心有多大。我没有办法，再忙也得放下手中的事，送母亲回家。妻子说，妈，您就不能再多住一周吗？母亲说要回要回。我的方针是不勉强母亲，她在哪里住舒服就让她住哪里。回家开车要四个小时，不算远，也不算近。我看妻子有些担心，就说你放心，妈丢不了。妻子说，可是——。我明白她没说出的话是什么意思，那么小一个地方，小萌找不到，难道不奇怪吗？的确奇怪。我也有点小小的不安。我猜想，我们回去，很可能走到半路就会接到小萌电话说母亲找到了。我看看表，10：12，这时候搬家的车队可能正整装待发，县乡村领导要发表热情洋溢的讲话，电视台、报社的记者现场采访，大红花、鞭炮、欢笑和泪水……此时，小山村最热闹，也是最后的热闹，之后，这个村子将不复存在。热闹的时间不会超过两个小时，我们回去早就锣罢鼓罢了。好，回，我说，权当回去看看。那个村子我也需要告别。以前我恨死那些石头、坡地和山路了，现在透过时光的滤镜往回看，竟然看出故乡的美丽和诗意来……

　　说走就走。反正无心写文章，不如早点上路。妻子陪我，主要是怕我一个人来回开 8 个小时不安全。两个人，可以换着开。

每次回去，她都会时不时地问我困吗，困了我来开。她开车比我熟练得多。

路上，妻子突然说，会不会是因为柜子？

柜子？

上次你没看到妈不高兴吗？

嗯，妈是不高兴。上次回去前，弟弟先领我们去看新房子。妻子说还缺什么，我们给你燎锅底。弟弟说应有尽有，什么也不缺。妻子说我们总得表示表示。我说看了再说，看能添置点什么。原来毛坯房我们看过，对位置、楼层、户型、面积都满意，但毕竟是毛坯房，看不出效果。这次再看，完全不一样，堪称惊艳。瓷砖、墙漆、壁纸、灯饰、窗帘，档次都不低。空调、冰箱、电视机、洗衣机齐全。沙发、衣柜、餐桌餐椅、鞋柜，等等，一步到位。妻子说完全和城市里的房子一样。弟弟领我们看各个房间，这是主卧……这是妈的房间，朝阳，通风，这是新衣柜，协调吧……这是小静的房间，小静回来住这里。小静是弟弟和前妻生的女儿，在吉林上大学。弟弟说，你们觉得咋样？不错，不错，我说，比我想象的好。妻子马上和我们的房子做比较，说我们的房子连这一半都不如。弟弟说，你们的房子该重新装修了，这都多少年了。麻烦，我说。我和妻子也有过重新装修的念头，但一想到租房、搬家、找工人、买材料、监工，等等，就头疼。我是能拖则拖。这次看了弟弟的房子，妻子免不了又要叨咕装修的事。

我和妻子正在琢磨燎锅底送什么，弟弟又将我们领到妈的房间，问我们满意吗。满意，当然满意。挺好的。你们看缺什么吗？弟弟说。不缺什么，我说。弟弟说，再看看，再看看。有什么好看的。弟弟说，你们说这屋子里还能放下柜子吗？放不下，干吗还要再放柜子呢。别的地方呢？别的地方也放不下柜子。妻子觉得奇怪，问，干吗还要柜子？我们虽然说不上是极简主义者，但喜欢简单，不喜欢过多的家具。给人留下活动空间，比塞满家具要好。这时候，铺垫已经足够，弟弟便不再绕弯子，直接说：你们说咱家的大立柜要搬来吗？我马上明白了弟弟领我们来看房子的意图。大立柜，是母亲的嫁妆。母亲1964年嫁到十八沟。那年母亲24周岁，25虚岁。那时候，女孩超过20岁还没结婚，就是剩女了，容易嫁不出去。母亲是家中长女，她母亲——也就是我外婆——去世得早，她担负起母亲的责任，照顾两个弟弟，直到两个弟弟成家，她才考虑出嫁。一来二去，年龄便大了，难以找到好人家。我们问过母亲，您是咋看上我爹的？母亲出身于红色家庭，她二叔参加八路，牺牲了，新中国成立后她家被定为烈属。虽然母亲是大龄，但我父亲更大龄，那时候我父亲已30岁，还是右派，与母亲家的三川比，十八沟更多山，更穷。母亲说，你爹有文化，我看中他有文化。接着又补充说，他人好。外公觉得委屈了母亲，所以母亲结婚，他就将家里唯一的家具——大立柜——陪给母亲。大立柜躲过大炼钢铁，躲过吃食堂，存留下来，实属不易。大立柜，是一个好大的物件，运到十八沟时引起很大轰动。很久以来，大立柜就是我们家唯一像样的家具。我小时候捉迷藏躲进过大立柜。里面独特的气味，我至今仍记得。从我记事起，大立柜就是家中一个重要的存在。它，在那里，占据着它应有的空间。大家都习惯了。从不觉得它突兀、庞大、占地方。大立柜贮存过粮食、衣服和种子。十年前父亲突发心脏病，倒在大立柜旁边，没救过来。弟弟看我们无言，又说，不要说放不下，就是能放下，大立柜那么破，那么旧，搬过来也不合适。我说，妈怎么说？弟弟挑明了，他请我们回来，就是让我们说服妈，放弃搬大立柜的想法。妈想搬过来，他说。弟弟又做他嫂子的工作，嫂子，你见过那个大立柜，不要钱送人都没人要，黑黢黢的，要多难看有多难看，好好的房子，放个这东西，成什么样子。妻子很聪明，这种事她不表态。回到十八沟，弟媳又说大立柜的事，她说妈要什么我们给什么，她要是嫌她房间的柜子不好，我们可以再买，但是，把这个大立柜搬过去，我不同意。弟媳说得很坚决。那么好的房子，戳上这么个大立柜，你们不觉得寒碜吗？她的用词，真是刺耳，什么"戳"啊，"寒碜"啊，还当着妈的面。她大概也意识到了这点，赶快往回找补，她说，我说话不中听，但你们说是不是这回事？弟弟说，旧的不去，新的不来，你们看看，谁家还要那些旧家具。他说的倒也是实情，我们看到不少家庭都把旧家具像垃圾一样堆在门外。说实话，大立柜搬过去的确不协调。可是，母亲舍不得，怎么办啊？弟弟说，哥，你说句话。他在寻求我的支持。妻子碰一下我的手肘，我明白她不想让我表态。我看到母亲也在看着我。我说，我能说什么，房子是你们的房子，你们看着办。弟弟和母亲对我的话都不满意。弟弟说，好，只要你不……就好。"不"后面的动词他省略了，大概是"反对"吧。母亲说，我就是舍不得。父亲去世后，母亲的记忆力迅速衰退，许多事记不住。到医院检查，说是脑萎缩，没有药物可治。母亲主要是记不住近期的事，但久远的事她仍记得很清楚。和柜子有关的事，母亲都记得。弟弟说，和小静视频，小静也反对搬大立柜。小宝说，大立柜丑死了，不要，不要。四个人反对搬大立柜，4 : 1。母亲是少数派。我们夫妻二人算弃权吧。

妻子说，妈想留下大立柜。

我知道。

妈会不会为这事离家出走？

不会吧，我说。其实我也拿不准。上次母亲看没人支持自己，便不再说什么，一直沉默着。她心里在想什么，我们都不知道。从感情上说，我们应该支持母亲，可是，理智一点，我们也知道弟弟、弟妹是对的。如果我们旗帜鲜明地站到母亲那边，主张搬大立柜，要是弟妹来一句"你们要是舍不得，可以搬到城里啊"，我们就会哑口无言。我们无法想象把大立柜搬到我们家中是什么样子。妻子说，要是文物就好了。那是。可是，论年头，论材质，论工艺，都与文物不沾边。就是一个老朽的大立柜，油漆剥落殆尽，露出老牛筋腱似的纹理，有两个老鼠咬的洞，蠹虫还从内部进行了破坏。这样一个大立柜，放到家中，的确既不实用，又不美观。

在高速上开两个小时后，我们进服务站吃午饭。服务站没什么好吃的，勉强填饱肚子而已。饭后，上厕所。洗把脸。再将杯子灌满开水。我还准备开，妻子说她开，让我休息一会儿。我吃过饭容易犯困。我坐副驾，将座位放倒，眯一会儿。我说，你要困了，就叫我。妻子说，好。

我很快就陷入一种迷迷糊糊的状态，似睡非睡，似梦非梦。这时候，能听到轮胎摩擦路面的声音和空气摩擦车体的声音，又似乎被这声音带到了遥远的过去。恍惚中，我听到母亲讲，我三岁时，鬼子扫荡，我躲进大立柜，怕得要命。大人呢？我不知道他们在哪里，都跑老日了。没带上你吗？我不知道他们为什么没带上我，可能他们没找到我吧。你怎么进的大立柜？我不记得了，我只记得我在大立柜里，那里很黑，一股霉味，外面静得可怕，突然，响起枪声，吓得我直哆嗦。后来呢？门突然被踹开，哐——，有人进来。我想这下要死了，那时候我就知道什么是死，死有多可怕。我听外面的动静，有人在翻找东西，脚步声近了，我的心都蹦到嗓子眼了，大立柜的门被打开，一个鬼子出现在我面前，离我那么近，光线从亮瓦射进来，正好打在鬼子头上，鬼子手里提着枪，刺刀闪闪发光，他站那儿不动，我想，他会用刺刀扎我吗？没有。他看着我。他用手在柜子里摸了摸，什么也没摸到。也没摸到我。我在下面，他没摸下面。我又那么小。我才三岁。是个小不点。我想那天，我一定是缩小了，小到他摸不着。也许，是神在保佑我，使了障眼法，他看不到我。鬼子往柜子里看，但看不到我。就是这样。后来，鬼子走。我对这件事记得很清楚。三岁以前，别的事我都不记得了，但记得这件事。我记得……

我突然醒过来说，我刚才是不是做梦了？

你做没做梦，我哪知道，妻子笑道，你自己不记得吗？

我记得，我说。

梦到什么了？

我梦到妈三岁时候的事……妈钻进大立柜，躲避鬼子扫荡，我说，这事是真的，梦中我好像在向妈核实，我是不相信妈说的话吗？妈以前讲过这个故事，我从没怀疑过。梦中妈说她缩小了，所以鬼子没看到她……

缩小？

是，我想起童话《拇指姑娘》，妈肯定变得像拇指姑娘那么小……

梦中吗？

梦中，当然是梦中了。

嗯。

给小萌打个电话，我说。我拨通小萌的手机，问她大立柜找过吗，她说找过了，她第一时间就找了大立柜，没有，妈不在里面。我问搬家搬完了吗，她说搬完了。你现在在哪儿？她说在新房子里。妈呢，找到了吗？没找到，她说。给大哥说了吗？说了，大哥就在这里。她将手机给大哥，下面我听到的是大哥的声音，大哥说，今天事多，省里、市里、县里、乡里都来人了，记者来了一大堆，刚刚送走，我也是刚听说，已经打了一圈电话，都说没见三妈（我父亲在堂兄弟中排行老三，所以他管我妈叫三妈），怪了，三妈能去哪儿呢？我问，十八沟还有人吗？大哥说，都来新村了，刚才回去几个，我让他们在那里再找找。新村呢？大哥说，都找过了，我打电话一家家问了，都说没见过，活动室也没有。那会去哪儿呢？你别着急，会找到的，大哥说。

妻子看我着急，说，我们快到了。

我看窗外，可不，马上就要下高速了。看来我迷糊了很久。随着时间的推移，我心中忐忑起来。十八沟终究是个很小的村庄，虽然住得分散，但找一个人还是很容易的，可是，竟然没找到。新村，那么远，母亲不可能一个人走去，她要去必须得坐车。今天全村都在搬家，车倒是有，可是母亲若去的话，不可能做到神不知鬼不觉。这就奇怪了，母亲会去哪儿呢？一个人不可能凭空消失，她一定在某个地方，可是在哪儿呢？

母亲有点老年痴呆，在我们这儿住时，有次我们请朋友在小区外面的饭店吃饭，饭后我们聊天，就让她到楼下活动活动，等着我们。没多久，我们下楼，却没见母亲，于是分散开来，赶快寻找……最后找到了，却吓了我们一身冷汗。母亲说她想自己回去，可是找不到我们的小区了。此后，我们就再也不敢让母亲一个人待着了。十八沟就不一样了，母亲是无论如何也不会走丢的。

我又给大哥打电话，让他等着我，我们正下高速。

好，他说。

下高速后，就进入蜿蜒的山路。过去这条路坑坑洼洼很难走，现在修得很好，而且养护得不错。我说我来开，妻子说她开。她的驾龄比我长，车开得稳，山路也不在话下。

我们到达新村时，大哥和小萌已在村边等着。那里地上满是鞭炮的碎屑，看来上午放了不少鞭炮。用大哥的话说，这是百年一遇的好事。热闹一下，也在情理之中。我突然记起弟弟转述大哥在动员搬迁会上的讲话。弟弟说，大哥就讲三句话，一是这是百年一遇的好事；二是过了这个村没这个店；三是鼓励搬迁，但不勉强。三句话讲完，没有一家说不搬。都不是傻瓜，政府掏钱盖房子，还盖在好地方，谁不想搬？在大哥的争取下，我们村被树为样板村。样板村上面重视，政策倾斜，老百姓得实惠。易地搬迁顺利吗？顺利极了。大哥一向沉稳，这时也有些着急。他说，这事怪我，没照顾好三妈。小萌说，哪能怪你，你那么忙。我也说，不怪你，不怪你。大哥说新村又找了一遍，还是没有。现在，我们回十八沟再找找，我总觉得三妈还在十八沟。

大哥和小萌上车，我们驱车回十八沟。

路上，小萌说，妈吃早饭时还在，早饭后，我收拾东西，准备搬家，没太注意，等东西收拾好，装车时，我想起来，妈去哪儿了，我就找，找来找去没找着，就给你打电话，那时候村里都找遍了，打电话后，我又床下、草垛、村林、崖畔、地里找一遍，还是没找到，我跟着车队来到新村，想着妈会不会坐谁的车来新村了，到新村后，东西卸下来，都没收拾，又挨家挨户找，还是没找到……

大立柜里找了吗？

大立柜有格子，里面钻不进去人，小萌说。

你看了吗？

看了，小萌说，没有。

妈舍不得大立柜。

我知道，小萌说，可是——

小萌有她的委屈，她着急上火，嗓子都哑了。

妻子说，小萌也不容易，搬家这样的大事，弟弟不在家，让一个女人张罗……小宝呢？

在新家里，小萌说。

他没和他奶奶在一起？

没有，小萌说，早饭后，小宝就和小山在玩，我问小宝，小宝说，没见奶奶，问小山，小山也说没见。

大哥说，不会有事的，咱那儿没水塘，也没野兽，不会有事……

但愿如此。这条进山路前年才修过，现在又要废弃了，着实可惜。不过，山里人都搬出来了，这条路还有人走吗？大哥说，还会有人走，山里有坡地，有林木，需要照看，只是走的人会少许多。路边是小溪，下大雨时，小溪就变成汹涌的山洪，像一头发怒的野兽，咆哮着冲下山……小时候，雨后，我们常站在村边看山洪奔涌，山洪往往时间很短，有时一个时辰，有时半个时辰，之后，就没那气势了，没什么看头……有时，戛然而止，洪水瞬间没了，只有石头上新鲜的黄褐色印迹证明刚发过洪水。

这会儿，下午2：30，太阳像爆裂的火球，放射出灼人的光线。八月，正是一年中最热的季节。窗外热浪滚滚。母亲在哪里，她会不会中暑？还有，这么热的天，让大家行动起来帮我寻找母亲，我除了感激，心中还有一份歉疚。我对大哥说，给大家添麻烦了。大哥说，你这话就见外了，这难道不是我们自己的事吗……小时候，我爬到你们家枣树上偷摘枣，三妈看见，装作没看见，钻进屋子里……她是怕惊动我，我从树上掉下来……。我记得那棵枣树，枣子结得很稠，把树枝都压弯了。收枣子时，母亲让我给四邻送枣，一家一篮子。可惜呀，大哥说，那棵枣树后来死了。

十八沟，远远看上去，像是休克了。村子也像人一样，会呼吸，有温度，有脾气。现在呢，人去屋空，村子的魂儿没了，也不再呼吸了……看上去让人伤感。几乎家家门口都有丢弃的废旧家具什物，断腿的桌子，没有靠背的椅子，躺上去吱吱作响的架子床，旧笆篓，旧锅盖，等等。我老远就看到我们家门口杵着大立柜。那个再熟悉不过的大立柜，阳光下，黑黢黢的，确实很丑陋。柜门半开着，一眼就能看到里面，空荡荡的，什么也没有。我有些失望。

妻子将车停下。我们下车，热气扑面而来，瞬间汗就冒出来了。大哥说，我们四个人分头再找一遍，随时保持联系。

我突然觉得有些不对劲，大立柜为什么在那里？既然不打算搬走，干吗把它从屋里挪出来呢，何况，这么大个物件，挪动起来并不容易，也不是一个人能完成的。小萌说，你弟弟在家时就挪出来了，他和妈生气，说，好，我把它弄出去，你好好看看，它到底值不值得搬。他叫老六和老七来帮忙，费了好大劲，才把大立柜搬到外面。你弟弟说，放太阳底下，让我妈能看清。他说，妈，你来好好看看，这是宝贝吗？他把妈拉到大立柜跟前，拍打着柜子说，妈，你瞅瞅，这还是个家具吗，拉去新房子那里，不怕人笑话吗？妈半天就说一句，谁笑话？你弟弟哼一声说，谁笑话，谁都会笑话。他拿镢头要砸柜子，我拦住，没让砸。小萌说，那天妈生气了，晚饭都没吃，第二天，你弟弟就去了内蒙古。

我朝柜子走去。

小萌说，我看过了。

我没说什么。我想再感受一下这个柜子。到跟前，从半开的柜门看进去，里面是空的，一无所有。我拉开柜门，往下打量，看到的景象让我大吃一惊，瞬间，我血液凝固，打了一个寒战，人像施了定身术一般，一动不动，完全僵住了……

寻找女画家雪儿

17：45

　　起风了。多兰拉上窗帘，打开灯，窝到沙发上翻看新到的《三联生活周刊》。刚看了看图片，就接到安妮的电话，问她有事吗。她和安妮是朋友，可以说是通家之好。她们原来住同一个小区，两家的老人先认识，经常走动，一来二去，老人成了朋友，她和安妮也成了朋友。后来，安妮换房子，搬到了另一个小区，两家还常聚会。安妮是环球雅思培训学校通州分校校长，非常能干。安妮不是她的真名，是她为自己起的英文名字。她还要求学校老师每人起一个英文名字，彼此之间，以及对学生和家长，都叫英文名字。多兰熟悉安妮的语言方式，她问有事吗，多半是她有事需要帮忙。安妮委婉，多兰则直来直去。她说，你有什么事，说吧，我没事。

你去过宋庄吗？

去过。

走，陪我去找一个人。

找谁？

我们学校一个老师，雪儿，今天没来上课，电话关机，我怕出事，去看看。

可真够认真的，一个老师没来上课，就要找上门去，多兰想，这也未免太那个了。知道她住哪儿吗？

宋庄。

宋庄哪里？

只知道她住宋庄，画家村。

她在电话中给安妮简单普及了一下宋庄的常识。宋庄首先不是一个庄，是一个镇，画家村也不是一个村，而是不少村住着画家，有数千名之多。到宋庄看看，简直一个现代化的艺术区，画廊展馆一个挨一个，每年还举办艺术节，热闹着呢。

她去过宋庄两次，头一次是 2008 年，随丈夫去看王宏伟主演的话剧。王宏伟是电影《小武》与《站台》的主演。所谓的剧场，其实是一个大酒吧，闹哄哄的，凳子不够，许多人站着观看。灯光不够亮，舞台显得很暗，完全像是地下演出。话剧的名字不记得了，只记得是一个先锋话剧，整场就是两个武士在那里说些不着边际的话。她没看懂。话剧结束后，他们和王宏伟一起去喝酒。饭店的外边摆着条案，点几个菜就开喝。不断有新朋友加入，然后是朋友的朋友。老板习以为常，为他们加条案和凳子。一会儿工夫就增加到了二十多人，一长溜儿。开始加入的人，王宏伟还认识，给他们介绍。印象比较深的，一个光头画家，很活跃，满肚子宋庄典故，还写过一本很有趣的书。其他的就没什么印象了。后来加入的，大多也不认识。他说宋庄就这样。我想起看过的一部国产电影《将爱情进行到底》，上面也有一个类似的饭局场面。那个编剧大概在宋庄吃过饭吧，有生活。第二次去宋庄，是两个月前，参加艺术节。全家老小共五个人。先将车停到停车场，坐通勤车进入宋庄，一个展区一个展区地参观。展区之间有摆渡车。从上午到下午闭馆，除了吃顿饭，休息几次，一直在走，在看。走得腿发软，看得眼发昏。最后，还有不少展馆没有走到。可见展区之大了。

到宋庄找人，不知道住哪儿，怎么找？

18：10

多兰来到环球雅思。一阵风从地底下吹上来，尘土飞扬。她拍打着身上的灰尘，走进学校。学校的气氛不同往常，看来安妮已让所有老师都紧张起来了。安妮有这样的本事。

我有一种不祥的预感，安妮说，上次雪儿来上课时，说她买了一个炉子，很大很大一个炉子。她那儿没暖气。一想到炉子，我就有一种不祥的预感。

她一个人住吗？

一个人住。有个男朋友，住在城里，半年前分手了。

多兰到安妮的学校去过几次，大部分老师都见过，但没见过雪儿。其他老师都有一个英文名，如玛丽、海伦、珍妮特、摩尔、大卫，等等，为什么雪儿没有，她是刚来的吗？

雪儿在这儿教课已经两年多了，从不迟到。安妮说，她住得远，怕堵车，有时能提前一个小时到。

也许她记错时间了。

那样最好，少上一次课没啥，可是一想到炉子……

炉子，炉子！多兰也有些担心了。应该去找，不怕一万，就怕万一。可是，找不找得到，就是另一回事了。她给老公打电话，让老公帮着打听雪儿。老公是作家，虽然和画家交往不多，没有直接认识的朋友，但毕竟都是搞艺术的，朋友托朋友，说不定有一线希望。她提起头一次去宋庄的事，老公说那都多少年了，再说王宏伟早不在宋庄住了。她说，试试看吧。

咱们到宋庄去问问吧，安妮说。

现在就走？

现在就走。

安妮已经在穿外套了。大卫，你也跟着去吧。

大卫是个小伙子，有他跟着做保镖，她们心里踏实多了。

穿厚点儿，降温了，多兰说。

多兰有点后悔没穿羽绒服，而是穿了呢绒大衣。好在她勒了一个厚围脖，能挡不少寒。安妮也穿的是呢绒大衣。她是红色，安妮是黑色。

刚出门，他们就感到风的威力，简直能将人吹起来。他们裹紧衣服，顶着风，走到安妮的车跟前，钻进白色的别克轿车里。

她想，这真是出门的好天气。

18：30

在车上，安妮简单地给多兰说了雪儿的情况。雪儿是个画家，画油画的。基本功好，寥寥数笔，就能画出一个人像。她会教课，学生和家长都喜欢她。她带的班有十个孩子。每周两次课，周一和周五，都是下午 5 点到 7 点。平时，她来得早，学生没来时，她就一个人看看书，或者在本子上写点东西。偶尔也和别的老师聊聊天。她四十出头，很优雅。穿着有品位，衣服不贵，也不怪异，但搭配上小饰品，别具一格。她温和，不张扬，做事很严谨。这个学校老师流动性大，一两年换一茬属于正常。她待了快三年，算得上元老了。

多兰接到老公的电话，问雪儿是哪里人。老公说，高原的老婆是画家，在宋庄住过几年，她说画家都是一个圈子一个圈子的，同一个地方的画家联系得多些。高原是老公的大学同学。多兰问安妮，安妮说东北人，可能是黑龙江人。

东北，黑龙江人，多兰说。

高原的老婆是陕西人，老公说。

都是女画家，也许认识。

不要抱太大希望。

快打听吧，我们在去宋庄的路上，晚上不搁家吃饭了。

多兰挂了电话。安妮说，雪儿也许不是黑龙江人，她说过一次，我记不清了，但肯定是东北人，还有点儿名气。

有照片吗？

没有。

上网查查。

多兰用手机上网，输入画家雪儿，百度一下，查到一段优酷视频。打开。快看是不是？

大卫说，就是。

安妮扫一眼，是，别看了，快给我说路，前边拐不拐？

左拐，看路标。

你帮我看着点，别走过了。

视频是在雪儿画室拍的。画室虽然简陋，但很有艺术气息。

墙壁是白色的，靠墙立着一个巨大的画框，背朝外，看不到正面。一台电脑，上面搭着蓝花布。电脑旁插着几大束干花。上方挂着一顶草帽。侧面有一幅照片，比较小，看不清是不是雪儿的照片。天花板上垂下来一个白炽灯泡。一道布帘子起分割空间作用，将画室和卧室分开。窗子上贴着红色的剪纸。接着给了一个院子的镜头。院子很大，没有硬化，长着杂草，种有几棵老葱。一个自来水龙头，一个水池。水池旁拴着一条大黄狗。角落堆了许多枯树枝。雪儿非常开心地给朋友们介绍她的画室，她的生活。我能淘厕所，修水管，砌墙，想不到吧。她没介绍她的画，倒是拿出一个本子，给朋友说这是她写的诗和文章。她笑得很灿烂。最后，伴随着音乐，出现一幅巨大的海报——当代女画家雪儿油画作品展，海报上有几幅她的作品，全是人物，有点印象派的风格，线条有些像凡·高，甚至比凡·高更粗犷。

视频只有 4 分 15 秒。

18：58

到了，多兰说。安妮将车停下，疑惑地看着车灯照亮的道路，风卷起尘土和树叶飞掠而过。

这就是宋庄？

对，这就是传说中的宋庄。

车停在一个状如一排谷仓的美术馆前。北风呼啸。街道上空无一人。路灯不够亮，地面上影影绰绰。安妮有些傻眼，她没下车，在车里扫视一圈。周围的建筑奇形怪状，一点儿也不像她想象中的村子。安妮看了看视频，视频中是一个农家院，平房。周围看不出有这样的院子。

画家都哪儿去了？安妮纳闷。

的确，看不到一个画家。但是，有个卖菜的。这种天气，这个点儿，还有卖菜的，他们都觉得是个奇迹。快问问去。

卖菜的是个中年妇女，菜没剩下多少，三棵包菜，两个萝卜，还有一小堆蘑菇。多兰下车，拿着手机，朝卖菜的妇女走去。卖菜的妇女早注意到这个车了。

多兰想，是不是买点菜，抑或把她的菜全部买下，好让她回家？正犹豫着，已经搭上话了。

大姐，我们有急事，找个人，她叫雪儿，是个画家，麻烦您看一下，见没见过这个人？

多兰将手机中的视频打开，给卖菜的大姐看。大姐眼花，手机举好远。她说，见过，她在我这儿买过菜。

知道她住哪儿吗？

不知道。

她从哪边来买菜，这边，还是那边？

这个，没留意。

我们到哪儿能打听到这个人？

前边有超市，她肯定会去买东西，到那儿问问吧。

只在外边待这么一小会儿，多兰就感到风将她吹透了。没有将大姐的菜买下来，她多少有些愧疚。回到车上，她说，也许就在附近住，大姐说在她那儿买过菜。

她认识吗？安妮问。

不认识。

他们一下子有信心了。既然在这儿买过菜，说明住得不远，谁也不会跑到很远的地方去买菜。他们将车开到超市门口，超市里灯火通明，但没什么人，只有收银员。收银员是个矮胖的女人，正在手机上玩游戏，用眼角的余光注意着他们。他们过去，说打听个人，给收银员看视频，这次却很失望，收银员说没见过。再仔细看看。已经看仔细了，收银员说，真没见过。

到哪儿能打听到？

她是住这一片吗？

刚才卖菜的大姐说，在她那儿买过菜，应该住在这附近吧。

那边有个栗树咖啡馆，画家有时候在那里聚会，说不定那儿有人认识。她给我们指点了咖啡馆的位置。

出门，远远看到一个扎小辫的男人走过来，从装束和气质看，毫无疑问，是个画家。他穿得并不厚，也许他不知道降温了，或者是临时出门，或者是二者兼有。他冻得夹着膀子，小步快跑。

拦住这样一个人，他们有些于心不忍，但还是迎了上去。

扎小辫的男画家看一眼视频，说，真够冷的，咱们到里边去吧，里边暖和。

于是，又回到超市。男画家认真看了看视频，然后摇摇头，没见过，不认识。安妮指着视频上的院子，见过这个院子吗？这样的院子多了，男画家说，这会儿天黑了，你们也不能一家家去敲门吧。视频是啥时拍的？没注意。返回看了看，网上发布时间是 2011 年 11 月。两年前，多兰说。两年多了，院子还是不是那样，难说，男画家说，要不你们找找村长（一个比较活跃的画家，他们都称他为村长），看村长知不知道。有村长电话吗？安妮问。我没有，但一个朋友有，我打个电话。他打通电话，说明情况，那个朋友却不愿将村长电话给他们。画家也无奈，说这个人就是死板，他说不能将村长电话给陌生人。不过，你们不用打电话，直接找去就是了，村长家在那边，我可以指给你们。收银员对这个建议不以为然，她说，村长恐怕只知道租他房子的是谁，别的，哼——

收银员说得不无道理。村民租房子不用给村长汇报，也不用到村长那儿备案，村长能知道几个画家？他们决定还是去栗树咖啡馆。

出超市，男画家尽管知道他们不打算去村长家，但挽回颜面似的，还是给他们指点了村长家的位置。

19：15

　　咖啡馆门脸不大，也不起眼。门上标牌是两个白色大字——栗树，下边四个白色小字：咖啡画廊。铁锈铁板的墙上装饰着几只大大小小的铁甲虫。进门，门口左右各立一个绿军装绿军帽手持冲锋枪的鸟人塑像。说是鸟人，是因为塑像是鸟头人身。吧台灯光明亮。吧台前有一个弯腰翘臀的裸女塑像，乳房硕大，头戴银色遮檐帽，足蹬黑色长筒靴。墙角有个小小的台子，上面放着架子鼓和贝斯等乐器，显然常常有乐队演出。室内装饰别致，绿色植物很多，凡有缝隙的地方都有植物冒出，有文竹，有孔雀竹芋，有发财树，有一帆风顺，有绿萝，等等。悬吊的藤椅，大红大绿的桌布。有楼梯通上二楼，楼梯边的墙上挂着许多油画。咖啡馆里一个顾客也没有，只有一个店员，男孩，二十来岁，个子不高。

　　多兰有些失望，给男孩看视频，他果然说没见过。

　　老板呢？

　　到外地去了。

　　有他电话吗？

　　男孩警惕性很高，反问他们是干什么的。这时多兰才意识到刚才问得急了，没说明情况。安妮抢过话头说，她叫雪儿，在环球雅思教美术，她今天没去上课，我们怕她煤气中毒，必须尽快找到她。

男孩明白了，亲自给老板拨通电话，说有几个人打听一个叫雪儿的女画家，怕她煤气中毒……

安妮要过电话，我来说。她说了情况之后，老板给了她一个电话号码。男孩给她一张纸，她记了下来。

一个女画家的电话，安妮说。她随即拨了这个号码，但没人接。等会儿再打吧。

她谢了男孩，你们老板是个好人，他姓什么？

姓王。

你们这儿有吃的吗？

有简餐，意大利面。

快吗？

快。

那就意大利面吧，三份，快一点儿，我们急着找人。

你们坐，我去做，几分钟就好。

男孩还兼厨师。他们确实饿了，找地方坐下，继续打刚才老板给的那个号码，还是没人接。等一会儿再打，还没人接。

怪了，没人接电话。

多兰说，再给老板打，再要个号码。

安妮又打给王老板，说，刚才给的那个号码，打通了，没人接，能不能再给我们说个号码。

王老板又给了一个号码，秘书长的。

安妮又打，还是通了没人接。

都不接电话。

是不是看是陌生号，都不接？多兰说。

这时，安妮的手机响了，是海伦打来的。海伦是学校的老师，管前台。说不定雪儿已到学校了，那样——，安妮说，海伦，雪儿去了吗？

没有，但我们查到她的博客了。

上面有地址吗？

没有，只有她画的画，她写的文章。

有电话吗？

没有。

有她朋友的电话吗？

也没有。

有什么能帮我们找到她吗？

没有。

现在只需要找到她，别的都不需要。

结束通话后，安妮说，他们也没闲着，都在上网，可是，提供不了帮助。

男孩将意大利面端上来了。一点儿也不好吃。这不重要。重要的是，他们仍然打不通那两个电话。他们没心思吃饭，胡乱把面扒拉进肚子里，几分钟就搞定了。安妮和多兰都是急性子，区别只是安妮考虑事情非常细致，多兰则比较洒脱。大卫没吃饱，但没说什么。

多兰说，再给老板打电话，别怕他烦。

安妮又打老板的电话，告诉他，他提供的那两个电话都打不通。

我来打，老板说。

我们等着。

多兰等来了老公的电话，他说问了好大一圈，没有人认识雪儿。宋庄有几千画家呢。

我知道，多兰说。

女画家少说也在五百。

嗯。

你们继续找？

19：45

风越来越大，天越来越黑。卖菜的大姐已经收摊儿，超市也打烊了。走在外边，如同走在黑暗的荒野中，如果不是三个人一起，他们还真有点害怕。去村长家的路上，大卫说这样找人就像大海捞针。安妮说，大海捞针，我们也要把针捞到。多兰知道安妮的决心，她是决不会放弃的，就没说什么。等不到王老板的电话，多兰也有些沮丧。这会儿说丧气话容易，难的是坚持下去。气可鼓，不可泄。她选择支持安妮。再说，谁也不希望悲剧发生。她说，这是一次难得的体验。

雪儿给我说她买了这么大一个炉子，安妮张开双臂比画了一下。

多兰想象不出那是个什么样的炉子。

她多大房子啊？大卫说。

视频上不是有嘛。

看不出来，只看到院子很大。

路上一个行人也没有。人们都待在屋里不出来了。

风在树梢、屋脊上打着长长的尖厉的呼哨，并伴随着低沉的呜咽声。世界就像咆哮的海洋，他们走在海洋的底部。安妮没想到宋庄是这种样子，几千画家，她却只看到了一个。雪儿，一个小有名气的画家，竟然没人认识她。多兰对宋庄是有心理准备的，找到是奇迹，找不到是正常。她只是对寒冷准备不足，想不到这么冷。大卫是第一次来宋庄，天黑，什么也看不到，有些失望。

走到村长家门口，安妮的电话响起，是陌生号码。

对方自称是秘书长，说他知道雪儿，已经派人去她住的地方了。

她住哪儿？

任庄。

任庄在哪儿？

你们车上有导航吗？

有。

用导航，到村边给我打电话，再给你说怎么走。

他们回到车上，多兰用手机导航，朝任庄开去。安妮的车载导航坏了。开始道路很宽阔，转弯，过桥，道路变窄了。前边是一个村子。村中没什么树，只有高高低低的平房，显然没有规划，一点儿也不整齐。路上没有一个行人。也没车。卫星导航提示任庄到了。多兰看一下里程表，他们开了四公里。可见卖菜的大姐记忆有误，雪儿不可能跑四公里去买菜。

看，前边有人，多兰说。

车灯驱散黑暗，灯光的尽头，一个女人在朝他们招手。

车缓缓地在女人身边停下。

女人来到车边：是找雪儿的吧？

安妮下车：你是——

我姓林，叫林枫，和雪儿是朋友，秘书长让我来等你们。

她个子不高，五十多岁，戴一顶俗称"猛一抹"的绒线软帽，穿着也很随便，从形象气质，你一点儿也不会联想到画家，所以安妮才问了一句：你也是画家？

画家。

见到雪儿了吗?

门锁着,进不去。她说,车不能停这儿,影响过车,那边有个巷道,拐过去,停那里吧。

安妮按她说的将车拐进巷道,停好。

村子又黑暗又安静。

巷子里还有一个女人,矮,胖,话很少,和农妇无别,他们很快知道她也是画家。是林枫叫过来陪她的。她旁边还有一辆自行车。她是骑车过来的。

巷子往里第二家就是雪儿的住房。院墙很高。里边依稀透着灯光。狗叫得很厉害。他们到跟前,用力拍门,大铁门发出很响的声音。尤其在这样的夜晚,二里以外都能听到。屋里没有任何回应。

我们已经敲过门了,林枫说。

她一个人住吗? 多兰问。

一个人住,林枫说,我也是一个人住,画家都喜欢一个人住。

面对紧闭的铁门和高高的院墙,他们束手无策。

我给秘书长说了,进不去,林枫说。

她平常和什么人往来?

我来她这儿多一些,但也是十天半月来一次,我们这种人,一星期十来天不见人很正常。

安妮拨打了110，说可能有人煤气中毒，但我们现在进不去门，需要帮助。她说不清位置，将手机给林枫，让林枫说位置。之后，安妮又拨打了120。

20：20

远远有车灯的光亮，他们以为是110来了，心想真是神速啊。车近了，才看到不是警车，是一辆普通轿车。车停在路边，下来四个男人。一个高个子，一个光头，还有一个比较英俊，另一个则无甚特点。

他们是秘书长派来的，也都是画家。

高个子男人看了看院墙，又看了看旁边的自行车，说可以翻过去。但狗是个麻烦。林枫说是条松狮，不咬人。光头也说松狮不咬人，别看它叫得凶。你们可别骗我，高个子说。他让光头和另外两个男人扶住自行车，他站到自行车的座上，扒住墙头，引体向上，手臂一撑，迈过一条腿，瞬间，整个人就到了墙里边。他打开门，其他人陆续进到院里。安妮和多兰都比较怕狗，不敢进。高个子说狗还在里边，不在院里。她们确认院里没狗，这才进去。狗叫声从院里另一道门后传来。站在院子里，屋里透出的灯光显得更明亮了。高个子去拍第二道门。这是个木头门，很厚。里边还是没有任何回应。林枫大声喊雪儿雪儿，也没有回应。从门缝中往里看，里边有灯光，照着一个纵深两米多的空间。一条白色的肥狗在门后朝他们吠叫。右手的地方有一辆自行车，有一辆三轮车，还有一些劳动工具，比较杂乱。对面是一面墙。这道门上边是封闭的，没法翻越。只有撬门了。

几个男人在院里找来杠子、铁锹之类的东西，开始撬门。门是双扇对开的，从里边锁着，他们费了好大劲，也没有撬开。安妮又打110，希望他们能帮助破门。110说在路上，让他们耐心等待。几个男人继续撬门，反复尝试，鼓捣了半个小时，终于将门撬开了。

21：00

他们都感到紧张。安妮的心都提到了嗓子眼，浑身发抖。多兰抓住安妮的手，给她安慰，其实她也很害怕。几个男人进去。这时安妮的手机响了，110打来的，安妮在门外接电话。多兰想进去，又害怕狗。她试着跨进门，狗吠叫着朝她而来。她说我怕狗，可是没人理她。狗跳来跳去，并没咬她。她硬着头皮进去。刚才看到的空间，只是长长的走廊的一部分。向左十几米，是一个很大的天井。她还要往前走，安妮叫住了她。陪着我，我害怕。她回到门外陪安妮。安妮刚挂了110的电话，120又打进来……

里面，高个子跑回来，叫她们进去，快去看看，是不是雪儿，好像是煤气中毒，人躺在地上，已经不行了。

安妮受到巨大打击，迈不动腿。多兰扶着安妮，感受到她身体的颤抖。高个子等不及她们进去，又返回去。多兰想象屋里的情景，也浑身发冷。她不知道如何安慰安妮，只是陪她站在门口。

高个子很快又回来说，看来人没事，已经站起来了。

安妮和多兰这才跨过木门，往左走十几米，来到天井。右转，正对着的是一排玻璃墙壁，以及玻璃门。室内有灯，帘子是拉开的，室内情况一览无余。能看到一个女人张开双臂，呈十字架状贴在门上。正是雪儿。林枫喊，雪儿，雪儿，雪儿。雪儿没有反应。安妮和多兰走过去，看到雪儿穿着秋衣秋裤，贴着玻璃门，面无表情。她们喊她，她也没任何表示。几个男人用力拍门，让雪儿开门，雪儿还是没反应。屋里一片狼藉，地上到处扔的是衣服。她被打劫了？这是安妮和多兰的第一反应。安妮的头上有一大片红色，已经凝结。她受伤了吗？狗跳来跳去，叫个不停。安妮和多兰也顾不得害怕狗了。

高个子将旁边的玻璃砸了个洞。林枫指着右手位置说，画室那儿有门，里面是通着的。早说嘛，高个子说。画室的门虚掩着，他们推门进去。画室很大，堆放着许多画。通往雪儿所在的位置要穿过一个过道。过道两边都是画，仅仅能走下一个人。他们一个个小心翼翼地过去。

雪儿两臂平伸，身体呈十字架形状，贴着门。他们到她跟前，她慢慢委顿下来，像融化的雪人。高个子扶住她，将她放到旁边一个木头条案上。林枫叫雪儿雪儿雪儿，安妮叫雪儿雪儿雪儿，她都没反应。光头说不可能煤气中毒，屋里冷得像冰窖。多兰看到戳在正中间的高大炉子，试着摸了一下，炉子是凉的。高个子说快拿床被子，她身上冰凉。安妮拉住雪儿的手，凉得像块铁。她注意到雪儿没穿鞋，赤着脚。几个人到处找被子，找不到。林枫说那边是卧室。她指着刚才高个子将玻璃砸个洞的那个房间，也是通着的。林枫过去抱来一床被子，盖到雪儿身上。

雪儿头上那一片红色让安妮有些害怕。她猜想，这儿也许发生了暴力事件。多兰也在想到底发生过什么。光头小声嘀咕，她可能精神出问题了。

外边有汽车的声音。安妮说，110 到了，多兰你去看看。

多兰穿过画室，穿过天井，又穿过走廊。狗跟着她，她也没觉得。出门，来到院子里，看到院门外停着一个很小的消防车。两个消防员从车上跳下来，冲进院子。多兰感到奇怪，怎么来的是消防车？

哪儿着火了？

没着火，多兰说，没报火警啊。

真的没事？

真的没事。

没事就好，我们去看看。

院门口又出现了两个警察，一个警察问：人有事吗？

多兰说，人没事。

活着？

还活着。

我们怕煤气着火，就通知了消防队。

不是煤气中毒，多兰说。

那是什么？

不知道。

多兰领他们穿过院子，穿过走廊，穿过天井，来到雪儿的屋里。消防员在找煤气管道，没找到，问，煤气在哪儿？

多兰指指炉子。

消防员查看炉子，又将手伸进去摸摸说，新的，没生过火。

警察看了看雪儿，人确实活着。

出什么事了？一个警察问雪儿。

雪儿这时浑身发抖，说不出话。刚才不抖，被子捂住暖了暖，反而抖起来了。

安妮和多兰也冻得发抖。屋里实在太冷了。她们穿着呢绒大衣，都后悔没穿羽绒服。她冻坏了，安妮说。其他人说暖和暖和就好了。消防员确定没有火灾隐患，警察确定没有发生案件，就准备撤。送医院看看吧，安妮说。多兰开始给雪儿找出门穿的厚衣服。打开柜子，里边全是叠得整齐摞在一起的衣服，没有一件是挂起来的。没有袄子。柜子外边码有很高一摞裤子，足有几十条。墙上挂着几十顶帽子。林枫不知从哪儿找来一件短小的羽绒服，黑色，带毛领。多兰给她选了一顶帽子和一条裤子。

安妮让几个男人帮忙将雪儿抬出去。过道里摆放的油画过多，那个长相英俊的男人在移开油画。安妮说，都啥时候了，还管那干吗？几个男人艰难地把雪儿抬出去。

走出小巷，多兰看到村口停着两辆大消防车。刚才那辆迷你消防车如同这两辆大消防车的儿子。消防车后停一辆110。120没来？多兰说。

我打电话不让来了，安妮说。

安妮指挥几个男人将雪儿放到她的车上。大卫和林枫一左一右陪着。安妮开车不熟练，她在看怎么倒车。多兰，你帮我看着。安妮拉开车门，坐到驾驶室。雪儿双脚突然猛地蹬向前边，双臂张开，开始演讲：我，雪儿，东方的神！西方的神是耶稣，他上了十字架。我，东方的神，我不上十字架，我上山，珠穆朗玛，世界最高。我告诉你们，人生来是要受苦的，要脱离苦海，就跟着我念，太初有道……

安妮吓得打开车门出来了。

她真的精神有问题，安妮说，我不敢开。

没事儿，高个子说，按住她就行了。

多兰本来要坐到副驾驶座上，也不敢上了。

最后，光头来开安妮的车。那个英俊男人坐到副驾驶座上。大卫和林枫坐在后排，将雪儿夹在中间。安妮和多兰上了另一辆车，高个子开车。

消防车和110很快消失了。

他们朝通州城区开去。

21：50

一刻钟后，安妮和多兰才暖和过来。

高个子说起他刚进屋的情景，他说：我隔着窗子往里看，地上到处都是衣裳，乱七八糟，没看见人，我想完了，进贼了。再仔细看，地上躺个人，一动不动，我想，肯定是煤气中毒，人已经死了。拍门，她也没反应。我去叫你们，你们不敢去看。我又过去，她已经站起来了，贴着门，双手平伸，很直，吓得我头发都竖起来了，我以为死人复活了。你们都看到了，她那样子吓人不？

我还想是不是有歹徒进去了，屋里那么乱，安妮说，她头上那片红色——

那是颜料，开始我也当是血，其实不是。

雪儿怎么会这样呢？她是个很乐观的人，热爱生活，她去上课从来没穿过重样的衣服。

每个人都有两面，那是她展示给人看的一面，其实好多画家都有这样那样的问题，经济问题，家庭问题，情感问题，艺术问题，等等，不深入进去，根本不可能真正了解一个人。

你有问题吗？

有。有时候孤独得要死，觉得啥都没意义，有时候又觉得活着真好。

雪儿看上去很正常，很能和学生家长说得来，学生也喜欢上她的课。

你和她深入聊过吗？多兰问。

没有，每次只是聊几句，就各忙各的了，安妮说。

她还算好的，能上上课，出去一下。画家十天半月不出门，不和外界联系很正常。要不是你们，没人会往别处想。手机打不通就打不通呗，手机没电了，或者她不想接电话，都有可能，不会想别的，更不会找上门去。你们救了她，高个子说。

她上课从来没迟到过，有时候能提前一个小时到，这次很反常。前几天她说她买了一个大炉子，一想到炉子，我就——

我们这个圈子里，特别是女画家，头脑有问题的人很多，哪年都有出事的，前几天有个老外，也是个女画家，住在小堡村，割腕自杀，流了很多血，每幅画上都有。幸亏被发现了。

为啥？

为啥的都有，画卖不出去，不被肯定，失恋，或者太孤独，或者绝望，或者没钱，或者突然认识到自己不是这块料，吃不了这碗饭……

雪儿的画，能卖出去吗？

搞过一次画展，不知道卖出去几幅，一幅没卖出去也有可能。高个子感慨，卖画并不容易，一个人一年卖不出去，两年卖不出去，没啥；如果十年八年还卖不出去，打击是很大的。有的画家没一分钱收入，只能靠吃馒头过日子……

现在还那么苦？

可不。画卖得好的也有，一幅几万，几十万，几百万，都有。但那是少数，极少数。多数画家的日子过得都不如意。

高个子总是那么冷静和理性，在他眼中，没有什么偶然和奇特，一切都是必然。因果因果，所有事都有因有果，更多的时候，我们看到果，没看到因，所以震惊。

多兰用手机上网，找到雪儿的博客。博客里有四个相册，两个相册是照片，两个相册是油画作品。照片上的雪儿比视频上的漂亮多了，当得起"妩媚"这个词。她穿衣打扮很有品位，无论什么衣服到她身上都那么好看，仿佛是为她私人定制的一般。她长发披肩，很漂亮。只有一张照片，头发扎成两个小辫。她喜欢小饰品，脖子上，手腕上，手指上，很少光着的。那些小饰品和她的风格很搭，浑然一体。她的油画，两个相册正好是两种风格，第一个相册中的油画，有点印象派的风格，也有些凡·高的风格，色彩鲜亮，线条粗犷，人物充满勃勃生机，有着难以控制的欲望。第二个相册中的油画，全是压抑的冷色调，黑白灰，鲜有一抹暖色。许多画她命名为"呼喊"，很抽象，张大的嘴巴充斥画面。有一张全是嘴巴，成千上万的嘴巴在绝望地呐喊。另一张，嘴巴的形状也消失了，只是黑暗和模糊的黑洞，黑洞是隐在黑暗中的嘴巴。多兰想到地狱，只有地狱中才会有这样的景象。看这样的画，会做噩梦的。

多兰关掉网页。车灯之外是浓重的黑暗，北风呼啸，她感到黑暗中有许多嘴巴在呼喊。

22：20

车停下来后，多兰问，这是哪里？

263 医院。

多兰从来没来过这里。安妮也是第一次来。

拉雪儿的车在前边，雪儿已经进入门诊楼。

安妮和多兰等人到急诊室。雪儿已在里边，大卫、林枫和光头陪着。急诊室足有两间房那么大，两边有六七个病人在输液。里边有个护士台。当中有一张诊床。雪儿坐在诊床上。一个白胖医生问谁是病人家属，安妮上前说，她叫雪儿，是我们学校的教师，下午她没来上课，她前几天买了一个炉子，我怕她煤气中毒，就去找她……

白胖医生不想听事情的来龙去脉，打断她的话，指了指门外，让她先去挂个号。

安妮去挂了一个急诊号。

她回来，白胖医生又给她开了两张单子，让她去交钱：先做个心电图，量个血压。

血压：70/110mmHg。

量心电图时，雪儿躺在床上，手上身上脚上都夹着电线。她两手伸得直直的，如同对天发誓一般。白胖医生脸上闪过一丝诡异的笑容。

量过心电图，白胖医生将安妮和多兰叫到一边，对她们说，血压和心电图都正常，她没有器质性疾病，是这儿——他指指脑袋——有问题，我们这儿没精神科，你们最好转院。

转哪个医院？

安贞或北郊医院，不过……

此时，急诊室里发生了骚乱。雪儿突然抓住输液杆，挥舞着高声演讲：我，雪儿，是神派来的，东方之神！我们在高天之上，爱我们的天父啊，愿人们都尊你的圣名，愿你的国降临，愿你的旨意行在地上，如同行在天上……

安妮和多兰看到，赶快过去。雪儿抓住安妮的手，抓得紧紧的，说，安妮，环球雅思校长，我认识。她又抓住多兰的手，你是谁？多兰说我也是环球雅思的老师。她说我没见过，从现在起，你就叫王伦，你是王伦！说这些话时她还在一个神志清醒的世界，接着她就进入了另一个世界：我是神，我是天上的神，我来凡间是替你们赎罪的，你们都是罪人，罪孽深重，你们看不到自己的罪，你们就要下地狱了，我怜悯你们，我要救你们，洗清你们的罪，带你们上天堂……

一个黑脸男人，显然是病人家属，非常愤怒，冲白胖医生吼道：都是急诊病人，老人都八十多了，出了事你们负得起责任吗？快把她弄走，弄走！急诊室里的病人都很惊恐，家属有的躲出去了，有的护着病人。输液的人没法移动，但身体尽可能与雪儿保持距离。白胖医生叫来保安，大卫帮忙，将雪儿弄到了旁边的空房间。雪儿坐下，嘴里还兀自说个不停。

医生对安妮和多兰说，快转院吧，不过，没有家属，安贞医院是不会收的，你们只能去北郊医院。

他们的话被房间里的雪儿听到，雪儿兴奋地叫：我要去北郊医院，我要去北郊医院，我知道，我知道，那儿能治好我的病。

白胖医生瞥一眼房间，往远处移了移，安妮和多兰跟着过去。

北郊医院，白胖医生说，也不是你们送去就行的，得警察陪同，出具证明。他补充道，安贞医院有警察也不行。

可警察已经走了，安妮说。

打110。又说，最好再叫个救护车。

22：40

　　安妮的手机没电了，多兰打 110 和 120。之后，多兰说，我这儿有萨其马，给她吃点东西吧。安妮说，她肯定饿坏了。多兰给雪儿一块萨其马，雪儿攥在手里，并不往嘴里送。多兰又去给她倒杯水，试了试水温，正好，雪儿咕嘟咕嘟将一杯水喝完。

　　多兰劝她吃点东西，她说：我不饿，你们是凡人，你们会饿，我是神，我不会饿，我不用吃东西。

　　等 110 和 120 时，安妮和多兰都觉得应该和雪儿家人取得联系。与高个子和光头商量，他们也正有此意。之前，他们忽略了一件事，离开雪儿住所时忘了找一找她的手机。她手机上应该有家人的联系电话。

　　林枫打电话给她朋友，就是那个骑自行车去雪儿那里的女画家。她没有随车来医院。

　　你到雪儿屋里去找找她的手机，可能没电了，得仔细找。

　　然后呢？

　　充上电，调出通讯录，看看有没有她家里人的电话。

　　110 先到，下来三个警察。一个大块头，一个小个子，还有一个戴眼镜的。以为大块头是头儿，其实不是，小个子才是头儿。对他们来说，这是小事一桩。详细问了问情况，小个子问，家属联系上了吗? 安妮说她离婚了, 一个人在北京, 我们来得仓促, 忘了拿她的手机, 刚才打电话, 让人去她住的地方找手机, 人可能还没到……

她家里有什么人, 父母, 兄弟, 姐妹?

不知道。

林枫说, 她有个弟弟, 在老家。

能联系上吗?

我没他的电话。

还有什么人?

好像她父亲还在。

也没电话?

没有。

一定要送北郊医院吗?

大家面面相觑, 不送怎么办? 她现在这种样子, 放哪儿? 接下来会怎样? 出事儿怎么办? 谁来负责任?

23: 10

120 到了。

多兰又给雪儿倒了一杯水, 雪儿没有接水杯, 而是抓住多兰的双手。小个子警察让多兰将雪儿引到车上。多兰倒退着, 朝救护车走去。经过大卫身边，雪儿将多兰手中的杯子交给大卫，你喂我喝水。大卫接过杯子，举到雪儿嘴边，雪儿将杯中水喝完。她又抓住大卫的手，你，也跟我走。

多兰和大卫引导雪儿上了救护车。林枫要上，雪儿不让，去，你不能上。救护车中间是一个担架床，雪儿躺到担架床上。她不让多兰和大卫离开。多兰坐在旁边的座位上，大卫的旁边有一些仪器，救护人员警告他要小心，别压坏仪器。大卫半蹲着，艰难地保持着身体的平衡。

让多兰下来吧，安妮说。她有些担心多兰的安全。

不会有事的，救护人员说，她需要她。

关上车门。车内灯光明亮，有些刺眼。雪儿紧紧抓住多兰和大卫的手。车晃动一下，缓缓开出263医院，跟在110后面，驶入夜晚空旷的道路。

多兰很平静，一点儿也不害怕。雪儿时而抓紧她和大卫的手，时而双臂高举，宣称自己是神，他们都给予配合。多兰刚听了一学期心理咨询师培训课，囫囵吞枣地学了不少理论。近距离接触精神病人，这是第一次。她努力回想所学内容，该如何定义雪儿的病情？精神活动不协调，脱离现实，认知功能出现障碍，她应该是精神分裂症。心理咨询师面对这种情况该怎么办？转诊。想到此，她有一种非常无力的感觉。

雪儿双眼呆直地盯着她，说，我是神，是观世音菩萨，是万能的主，是上帝之子耶稣，是佛，是神明的外婆，是人类的始祖，是补天的女娲，我掌管世间的一切，也掌管阴间，管天管地，管刮风下雨……

多兰听着。

雪儿转身抓住大卫的手，眼睛仍是直直的。她这会儿换了角色，变成了钟情少女，对大卫好一番表白：百年修得同船渡，千年修得共枕眠，我们是万年修得一世情，你我是命中注定的恋人，永世不分开，攥紧我的手，再攥紧点儿，再紧点儿，你摸摸，我的心只为你跳动……

大卫额头冒汗，表情尴尬，他不知道该怎样回应雪儿的火辣表白，身体的接触更让他无所适从。

片刻，她要多兰把她的帽子拉下来遮住眼睛。她能睡觉最好了，多兰和大卫可以轻松下来。

你睡会儿吧，多兰说。

我睡着，但我的心是醒着的，她说。

她的两条手臂像两根插在泥土中的棍子直直地举着，不肯放下。这样的动作，一般人很难坚持，可她一直那样举着。她的双手就在多兰的眼前。左手拇指、食指和中指都戴着戒指，三个戒指都很大，看上去像是银的，也可能是锡的，上边都镶嵌有东西，但看不清镶嵌的是什么。左手腕上戴一个大银色手镯，还缠绕了一串红珊瑚，另外还戴了一串佛珠。右手没有什么饰品，只在手腕缠了两个黑皮筋。

她右手的拇指有很深的裂纹，裂纹中浸染着颜料。再细看，指甲、手指都受到了颜料的侵蚀，灰暗，有些发绿。精致的五官让她显得年轻，看上去不像是四十多岁的人。手，却如此苍老。苍老得让人心酸。瞬间，多兰心中涌起很复杂的感情，她想握住她的手，将她的手贴到脸上摩挲。她想流泪，不知为什么就是想流泪。还想大哭一场，一个人到旷野里号啕大哭一场，痛痛快快，将所有的悲伤都倾泻出来，再像雪儿高举双手宣称我是神那样大喊大叫，无所顾忌，天地之间，唯我独尊，我是我，我是你，我是所有人，我是雪儿，我是神，我是……她把脸扭向窗外，窗外是无边的黑夜。一个人和另一个人可以很远，也可以很近，你可以成为她，她也可以成为你，她的命运可以是你的命运，你的命运也可以是她的命运。

00：15

不知过了多久，车慢了下来，然后停住。打开车门，人还没下车，120人员就伸手要钱：300，谁付？

多兰向后看，没见安妮，也没见她的车。

安妮——，她喊了一声，没有应答。

安妮呢？

没人回答她这个问题。

300，那个 120 人员坚持要钱。

多兰给他们掏了 300 元钱，他们才让下车。

雪儿抓住多兰和大卫的手臂跳下救护车。他们脚刚沾地，救护车一溜烟地开走了，转眼间消失于夜色之中。

110 上的小个子警察已与医生取得了联系，一个穿白大褂戴金丝眼镜的医生接待了他们。雪儿刚才小憩一会儿，体力有所恢复，又狂躁起来，高喊：我，雪儿，至高无上的神，宇宙的主宰者……

医生见多不怪，镇定自若地笑笑，问，谁是病人家属？

小个子警察说，没病人家属，她是画家，一个人住在宋庄……

多兰没见高个子和光头，以及另外两个男画家。人呢？她用目光搜寻，院里一目了然，没有他们的人影。倒是多了两个陌生的小伙子。他们过来说，是协会派他们来的。两个人都二十多岁，一个理了个板寸，另一个左耳朵上戴了个大耳环。

板寸说，他们没过来，回去了。

安妮呢？

谁是安妮？他们是救护车开动前才到 263 的，和四个画家交接一下，就跟着救护车过来了。他们不知道谁是安妮，没见过。

她打安妮手机，关机。她想起来了，安妮手机没电。安妮是个路盲，她这会儿在哪儿呢？

戴金丝眼镜的医生对小个子警察说，最好是联系上病人家属，免得有麻烦。

他们联系了，小个子警察说，没联系上……

林枫举着手机过来说，刚和她弟弟联系上。

怎么说？小个子警察问。

她弟弟说不需要住院，他明天坐早班飞机过来。

从哪儿？

沈阳。

小个子警察扫视一圈陪同的人，还有问题吗？

大伙儿摇摇头。

那就是没事了，小个子警察说。

转眼三个警察消失了。

多兰本来想搭警察的车回通州，现在没戏了。

雪儿怎么办？

林枫说先让雪儿到她那儿，他们三个人陪着，就一晚上，她弟弟明天就来了。

就这样吗？

就这样。

折腾了大半夜，事情就这样解决了，多兰如释重负的同时，也有些失落。也许这是最好的办法，谁知道呢。

01：20

　　六个人，一辆小轿车，只能挤一挤了。板寸开车，大耳环坐副驾，雪儿、多兰、林枫和大卫挤在后面。多兰和林枫将雪儿夹在中间。外面很冷，车里却暖和。雪儿这会儿看起来没有问题，她抓住多兰的手：看着我。雪儿很可爱，像个孩子。她说：太初有道，道与上帝同在，道就是上帝，你也说。多兰说：太初有道，道与上帝同在，道就是上帝。雪儿很高兴，说，说三遍，说三遍！于是多兰说三遍。

　　多兰想，雪儿病好后，她们会成为朋友的。

　　她不知道自己为什么会有这种想法，但她就是这样想的。

　　雪儿突然往前猛伸胳膊，戳住了板寸。板寸猝不及防，腮帮子被来了一下，车失去控制，往路边冲去。一声刺耳的刹车声，车斜着骑在马路牙子上停下。车灯照着荒凉的田野。他们静止不动，都被吓蒙了。

　　突然，板寸打开车门，跳下车，猛地拉开后门，挥舞拳头要打雪儿。多兰护住雪儿：她是病人，你不能打她。板寸用力踢着轮胎，狠狠地叫：病人病人病人！他发泄一通后，回到车上：你们看好她，她要再动，我就把她扔出去，说到做到。多兰说：慢点儿开，我们抓住她的手，会没事的。林枫也向他保证，会看好雪儿。大耳环拍拍他肩膀，要不我来开吧。板寸说，幸亏没车，操！他回头看一眼雪儿说，看好她！他又将车慢慢开上主路……

01：55

多兰回到家，换拖鞋时看了一下钟表，1：50。这个表慢了五分钟，正确时间应该是1：55。平常这时候她都在睡梦中了，今天她却毫无睡意。她满脑子都是雪儿的形象。她说不出心中是什么感觉，只觉得一片空茫。手机响了，是安妮的电话，用座机打来的。安妮说她迷路了，在黑夜里转了两个多小时，刚回到家。从263到家，大概只有十几分钟的车程，她，开了两个多小时！

雪儿怎么样了？

到北郊医院后，她弟弟打来电话不让住院，说明天坐早班飞机过来接她。今天晚上她到林枫那儿，林枫和协会的两个小伙子陪她。雪儿看上去好多了，在路上她还教我背"太初有道，道与上帝同在，道就是上帝"，她的声音很好听，她笑起来很好看，她……

你怎么了？

没事儿，真的，没事儿。

你哭了？

我只是有些难过，我也不知道怎么了，真的，没事儿，我感到和雪儿很亲，她就像一个亲人，她怎么就这样了……

多兰挂断电话，抱着沙发上的靠垫饮泣吞声地哭了好一会儿。她不知道自己为什么哭，哭什么，只是哭一哭她感觉轻松了许多。雪儿，她，我，我们，原是一样的。半年前她失眠，抑郁，情绪低落，心灰意懒，她觉得自己快要崩溃了，世界分崩离析，越来越分崩离析，她看不到希望，看不到光明，只是一个人在搏斗，和自己搏斗，和虚无搏斗，和看不见的魔鬼搏斗，那时她的世界那么可怕，她快没有信心了，她怕自己坚持不下去，后退一步，就是万丈深渊，所幸她调整过来了，她走出来了，她获得了新生。她听心理咨询师课程，就是为了自我调整。如今想起来，仍然心有余悸。因为这些经历，她特别能体会雪儿的境遇。她就是雪儿。她的心狂跳着。这个夜晚，命运的帷幕突然被风吹动，闪出一条缝隙，让她窥探到了自己的另一面，另一个自我。也许，每个人心里都住着一个神。平时这个神沉睡着，从不发声。当自我放逐时，神君临天下，接管一切，宣称我来啦！人，到底是怎样的，或应该是怎样的？书上说，脱离现实、认知功能出现障碍就是精神分裂，可是难道我们所谓的正常人，就真能够认清现实吗，就没有认知功能障碍吗？如果是这样，为什么世界上没有两个人对现实的认知是一模一样的？或许，每个人都是潜在的精神分裂症患者。她头脑里一团乱麻。她不知道自己在想些什么。现在，她已经脱离现实，她对现实的认知出现障碍，她感到自己飘浮在空中，在黑暗的夜空，她从空中看着这个胡思乱想的人，雪儿，快快好起来吧。可那分明是自己，你为什么叫她雪儿？你完全糊涂了。那是你自己，那么这个飘在空中的人是谁呢？一直到进入梦乡，她都没搞清楚这个问题。

致谢

我将小说发表情况、转载情况和获奖情况列到下面，一是向发表和转载我小说的刊物和编辑表示感谢，二是向给我奖项的评委表示感谢。

《灼心之爱》（中篇小说）

——《作品》2016．4 头题首发。

——《小说选刊》2016．6 头题转载。

——《小说月报》2016．6 转载。

——入选《2016 中国年度中篇小说》（《小说选刊》编）。

——2017 年获"河南省第六届优秀文艺成果奖"（该奖 5 年一评，中篇小说获奖仅 2 篇）。

《把黑豆留下》（中篇小说）

——《啄木鸟》2016．4首发。

——《小说月报》2016．4转载。

——《新华文摘》2017．1转载。

——入选《2016年中国中篇小说精选》（中国作协编）。

——2017年获公安部"金盾文学奖"。

——入选《中国公安文学精品文库（1949–2019）》。

《浮生一日》（短篇小说）

——《人民文学》2015．10首发。

——获第二届杜甫文学奖。

《回家的路》（短篇小说）

——《中国作家》2013．12首发。

——获首届《中国作家》短篇小说奖。

《寻找女画家雪儿》（短篇小说）

——《作品》2017．11首发。

《大立柜》（短篇小说）

——《西湖》2021．2首发。

——入选《2021年河南文学作品选》。